物語ることの反撃

パレスチナ・ガザ作品集

リファアト・アルアライール 編
藤井光 訳
岡真理 監修・解説

Gaza Writes Back:
Short Stories from
Young Writers in Gaza, Palestine
Edited by Refaat Alareer
Translated by Hikaru Fujii
Supervised by Mari Oka

河出書房新社

わたしが死なねばならないとしても

リフアト・アルアライール

わたしが死なねばならないとしても、
きみは生きねばならない
わたしの物語を語って
わたしの物を売って
ひときれの布と
いくつかの糸を買えば、
(白い布に長い尾《テイル》をつけるといいよ)

ガザのどこかにいる子どもが――
目に天国を映して
炎のなか去った父親を待っている
誰にも別れを告げず
自分の体にさえも
自分自身にさえも別れを告げずに去った父親を待つ子どもが――
凧を見て、きみが作ったわたしの凧が空高く舞うのを見て
ほんの一瞬、それは天使で、愛を伝えに戻ってきたのだと思ってくれるから
わたしが死なねばならないとしても
それが希望を伝えるものとなり
ひとつの物語《テイル》となるように

アリー・アブーニァマによる序文

「リファト、いまどうなってる？」

それが、二〇二三年十二月五日に、私がWhatsAppでこの本の編者リファト・アルアライールに送った最後のメッセージだった。

二日間、返事はなかった。その前に、リファトとのあいだで短いが気がかりなやりとりがあった。

「攻撃が止まらない。ちょうどいまも、何十発も爆弾が落とされている」と、リファトはガザ市から書いてきていた。「すごく不安だ。恐ろしい」

その一週間前、十一月三十日に、リファトは〈エレクトロニック・インティファーダ〉のライブ配信に出演した。十月七日の出来事のあと、私たちはYouTubeにレギュラー番組を開設していた。それはニュースや分析、心の慰めや悲しみを共有する場であり、ガザにいる人びとが自身の体験を証言するプラットフォームでもあった。

一週間の停戦の最終日だった。パレスチナの抵抗勢力とイスラエルのあいだでの捕虜・囚人交換がなされ、多くの人は、それが永続的な停戦になるのではと期待していた。

「停戦が始まってから、子どもたちの顔を見ていません」と言うリファアトは、やつれた顔で、いつもよりもあごひげは伸びていて、取材を受けるために手配したオフィスに座っていた。

「子どもたちは別の場所に移っていて、私はインターネットに接続するためにあちこち走り回ってばかりです」と彼は説明した。

「今回のことがどんな終わりを迎えるのかはわかりませんが、目下のところの状況は、徹底した完全な破壊です」と、リファアトは感情を抑えて言った。「第二次世界大戦のようだ、と私はずっと言っています。写真で見るような破壊が、私たちの目の前で起こっているのです」

その言葉を口にした瞬間、照明が切れ、リファアトの顔は凍りつき、ほんの一瞬、私たちに話をするために使っているノートPCのスクリーンの光だけでほのかに照らされていた。そして、彼は消えた。私たちが話をできたのは、四分間にすぎなかった。

翌週のライブ配信で、視聴者を、そして自分自身を安心させようとして、私はこう言った。リファアトとは何日も話ができていないが、それはガザに電力が通っておらず、インターネットに接続できないせいだ、と。停戦期間はもう終わり、イスラエルによる残忍な無差別爆撃がふたたび始まっていた。

そのうち、リファアトの名前が通知にひょいと現れて、彼得意の冗談か、いつもの返事「こっちは順調だよ」という言葉が読めるはずだ。私はまだそう考えていた。とはいっても、「順調」という言葉は、「生きているよ」という意味でしかない――。

ガザでは、誰ひとりとして順調ではない。

でも、そうして安堵する展開にはならなかった。番組が終わってまもなく、共通の友人から私にメッセージが届いた。「アリー、リファアトが死んだ」

いま、それから七か月近く経っても、私はその言葉の意味を受け止められずにいる。心のどこかでは、まだ最後に送ったメッセージにリファアトが返事をしてくれるのを待っている。

私たちにわかるのは、二〇二三年十二月六日、リファアトはガザ市のシドラ地区にある、妹のアスマーの家にいたということだ。午後六時ごろ、イスラエル軍はその建物にミサイルを撃ち込み、リファアトと、弟のサラーフとサラーフの息子のひとり、アスマーと彼女の子ども三人を殺した。

リファアトは六人の子どもの父親であり、まだ四十四歳だった。

その空爆は、建物全体ではなく、二階のアパートメントのみを狙って精密に行われた。そのアパートメント、つまりはほぼ確実にリファアト本人を標的にしていたことは明らかだった。

彼の殺害は、イスラエルによる、ガザの代表的な知識人、学者、そして科学者を標的とした、組織的な絶滅の一部だった――ジェノサイド（集団殺害）の印だ。

二〇二四年一月下旬までに、イスラエルは少なくとも九十四人の大学教授を殺害している。それに加え、何百人という学校の教師、何千人という学生が殺された。イスラエルはガザにあるすべての大学を破壊し、何百もの学校を損壊させるか破壊するかした。

初版の刊行は十年以上前のことだが、今回のガザにおけるジェノサイドの規模の大きさは、この本のいたるところに影を落としている。新版の「作家たち」のセクションには、初版に参加した十五人の作家たちのうち、八人からのエッセイが収められている。

だが、ワファー・アブー・アル＝コンボズ、ヌール・アル＝スースィ、シャフド・アワダッラー、ハナーン・ハバシー、タスニーム・ハンムーダ、イルハーム・ヒッリースには、出版社は連絡を取ることができなかった。現在のところ、これら六名の安否は不明である。

リフアトの友人から、ユーロメッド人権モニターに入った情報によると、殺害される数日前、イスラエル軍将校を名乗る匿名の人物からリフアトに電話がかかってきたのだという。

その将校は、リフアトがどの学校に避難しているのかをイスラエルは正確に把握しており、侵攻中のイスラエル陸軍がまもなくそこに到達するだろうと警告した。

その電話により、リフアトは妹のアパートメントに居場所を移すことにした。おそらくは、混み合った学校に残れば、イスラエルが彼を殺そうとしたときに多くの人が巻き添えになってしまいかねないため、より人目につかない場所にいようと考えてのことだろう。

リフアトはそういう人だった。いつも、ほかの人を第一に考えるのだ。ほんの二、三週間前には、リフアトと家族は、ガザ市にあるランティースィー小児病院に避難していた。イスラエルがタル・アル＝ハワー地区にある家族のアパートメントの建物を爆撃したあと、そこに逃れたのだ。

だが、小児病院での安全は、長くは続かなかった。

「十一月十日、娘のシャイマーに起こされて、窓からすぐ下にイスラエル軍の戦車がいる動画を見せられた」と、リフアトは〈エレクトロニック・インティファーダ〉に寄稿した最後の記事で振り返っていた。「恐ろしい動画だった。戦車は巨大だった」

病院を攻撃して制圧するべく、イスラエル軍が戦力を集結するなか――じっさい、翌日には、そこにハマースがイスラエル人の人質を拘束しているという虚偽の主張をもとに、病院は制圧されることになる――リファアトはただちに立ち去らねばならないと悟った。

彼は二十人ほどを集めた。ほとんどは子どもだった。

「いいかい」とリファアトは言った。「泣いたり叫んだりしてはだめだよ。ずばり言おう」包囲された病院から出ていこうとするさいに、イスラエル軍兵士たちからどんな恐ろしい目に遭う可能性があるか、彼は説明した。「女性と子どもは通されるが、若い男性は撃ち殺されるかもしれない」

「そう私が言うと、いっせいに金切り声が上がった」と、リファアトは書いている。

だが、彼は折れなかった。

「はっきり言っておきたいが、もしそうなったとしても、後ろを振り返ってはだめだ」と彼は指示した。「私たちに何があったとしても、振り返らないこと。叫んだり、泣いたりしないこと。ひたすら東に向かうこと。走り続けるんだ」

恐怖のなか、それでも彼らはその一日を生き延びた。そして、リファアトが述べているように、イスラエル軍が誰であれ立ち去ることを認めたという事実は、病院でハマースが活動しているという主張が嘘だったことを証明している。誰ひとりとして、拘束されるどころか、尋問すら受けなかったのだ。

リファアトの友人であり、ガザ市緊急事態委員会の委員でもあるアーセム・アルナビーフは、最後に生前のリファアトに会ったひとりだった。

「何日も、何週間も、彼と一緒に毎日歩き回りました。彼はいつも、自分を鼓舞してくれるものを求めてあらゆるところを見ていました。すべてを見つめていたんです」と、リファアトが殺害されたあとアーセムは振り返る。

「リファアトを知る人であれば誰でも、彼のとてもしっかりした人柄を知っています。想像もつかないほど動じないんです」とアーセムは言う。

だが、殺害される前日、リファアトが消耗しきっていることを認めたので、アーセムは驚いた。

「水を運ぶのに疲れてしまった。ぐったりだよ。五十人に水を届けないといけない」と、リファアトは言っていたという。

リファアトは、愛するガザ市をアーセムと歩き回り、デジタルSIMか、携帯の電波が届くところを探していた。

「彼はよく、高い壁のてっぺんによじ登って、片腕を高く上げて電波が届くようにしていました。メッセージをひとつ送るために、自分の身を危険にさらしていたんです」

疲れてはいても、リファアトはほかの人びとを大事に思うことをやめはしなかった。

「通りを歩いていると、リファアトは誰彼なく話しかけ、どこに行ったらいいか、どこなら安全かを教えていました」とアーセムは言う。

最後にリファアトから聞いた言葉は、「もし神が生かしてくれたら、残りの人生は人びとの経験や感情の物語を伝えることに捧げるよ」というものだったという。

じつをいえば、リフアトはずっと前からその使命にみずからを捧げてきていた――二〇一四年に出版されたこの本が示しているように。

編者による序文で、リフアトは私などよりもはるかに雄弁に、物語が心理的・物理的な境界を破り、認識を作り変える力をもつこと、つまりは新たな、より公正な世界を創り出す道具になる力をもつことを説明している。今日、その文章を読み直すと、リフアトが書いた日から、新鮮さも、痛ましさも、必要性もまったく損なわれていないことがわかる。

そして、ジェノサイドのただなかにあっても、殺害されるまで、リフアトは愛する仕事をやめることはなかった。水や食べ物や安全な場所を見つけるために奔走していても、時間を見つけては私にメッセージを送り、燃えるガザ地区のあちこちに散らばった彼の学生たちが書いた記事の原稿を転送してくれた。

リフアトは学生たちを手助けし、励まし、ときには叱りさえして、物語や詩や証言を書いてもらい、私たち〈エレクトロニック・インティファーダ〉に送って、世界に広められるようにした。そして、私たちはそれを世界に広めた。

「きみたちが学生の書くものを発表してくれるから、私は頑張ろうと思えるよ」と、ジェノサイドが始まってひと月になろうとするころに、リフアトは私にメッセージを送ってきた。

ガザとその人びとに対するリフアトの献身は、世界からずっと見捨てられてきた土地に対する深い愛の表れだった。彼はガザの可能性を信じていた。

イギリスで修士課程を修了し、マレーシアで博士号を取得したあと、リフアトはよその土地に行くこともできたが、自分の共同体のために生きるべく、ガザに戻った。

彼はガザ・イスラーム大学の英文学の教授になった。かつては、自身が学部時代を過ごした大学だ。

学生だったころに専攻したのは英文学であり、教育者として、詩やシェイクスピアの戯曲に対する愛を、世代の異なる学生たちに伝えていた。

労働者の誇り高い息子であり、十四人きょうだいの二番目の子どもであるリフアトは、ガザ市のシュジャーイーヤ地区に生まれた。「勇ましき者の土地」という名をもつ地区だ。

パレスチナ人の例に漏れず、リフアトの幼いころの記憶もまた、イスラエルによる暴力の傷を負っている。小さかったころ、父も母も、イスラエルの銃弾や砲弾によって危うく殺されかけたことがあったのだ。

彼自身も、金属にゴムをコーティングした銃弾をイスラエル兵に撃ち込まれたことがある。あるときには、建物の屋上にいるイスラエル兵から石を投げつけられ、頭を負傷したこともあった。

このジェノサイドが始まる前ですら、数十年にわたるイスラエルの占領とパレスチナ人に対する迫害によって、リフアトと妻のヌサイバは何十人という親戚を失っていた。

二〇一四年夏の、ガザに対する猛烈な攻撃のさなか、イスラエルはヌサイバの妹の家を爆撃し、彼女と夫、そして子どもたち数人を殺害した。その恐ろしい犠牲によって、自分たちは

「いたって平均的なパレスチナ人夫婦」になったのだ、とリフアトは〈ニューヨーク・タイムズ〉に二〇二一年五月に寄稿した記事に書いている。

リフアトが二〇一四年に〈エレクトロニック・インティファーダ〉に最初に寄せたのは、殉教した弟ムハンマド――愛称「ハマーダ」――についての物語だった。ハマーダは、テレビで演じたいたずら好きなニワトリのキャラクター「カルクール」によって、ガザやパレスチナ、さらにはアラブ世界の子どもたちに広く愛されていた。

二〇一四年の戦争中、イスラエル軍はリフアトの家を破壊した。その建物には、彼の親族が数十人暮らしていた。アーセムが思い出すのは、友人に付き添ってその廃墟に行ったとき、リフアトが学生たちの詩や短編を保管していた部屋に真っ先に向かったことだ。

「すべて燃えてしまって、床に散らばっていましたが、彼は宝物を探すように、瓦礫のなかから救い出せるものを丁寧に拾い集めていました」とアーセムは振り返る。「彼にとって、それらの短編や詩は、愛する学生たちのもっとも大事な思い出だったんです」

リフアトの住む建物が二〇二三年十月にイスラエル軍によって破壊されたとき、彼はショートメールで「三十年にわたって集めてきた何千冊という本」が失われてしまったと嘆いていた。「リフアト、本は替えがきくよ。きみは替えがきかない」と私は返事をした。「少なくともあと三十年は生きて本を集め直せるだろう。五十年かもな」

彼に残っていたのは、わずか三十日ほどだった。そして、イスラエル軍がもたらした、リフアトにとっての喪失は、彼自身の死では終わらなかった。

二〇二四年四月二十六日、イスラエル軍はリフアトの愛娘だったシャイマーを、夫のムハンマド・アブドゥル＝アズィーズ・シャームと、ふたりのあいだに生まれたばかりの息子アブドゥル＝ラフマーンもろとも殺害した。今回もまた、意図的に彼らを標的にした精密攻撃だったと思われる。

アブドゥル＝ラフマーンが誕生してすぐ、シャイマーはソーシャルメディアに、他界した父親に宛てたメッセージを投稿した。

「素晴らしい知らせがあります。あなたが目の前にいてくれたら、それを伝えて、初孫を手渡してあげられるのに。父さん、あなたはお祖父さんになったんですよ、知ってましたか？」と、シャイマーは書いていた。

リフアトの親しい友人であり同僚でもあるアフメド・ネハードは、いまでは世界じゅうで有名になったリフアトの二〇一一年の詩「わたしが死なねばならないとしても」は、娘のシャイマーのために書かれたものだと言う。

「彼の物語を語り、彼の遺したものを売り、希望を失わないこと。リフアトがそう伝えていた相手は、シャイマーでした」とアフメドは言う。

数年前にアルジャジーラの取材に応えたリフアトは、二〇〇八年十二月から二〇〇九年一月にかけてのイスラエルによる最初の大規模な戦争のさなか、物語を語ろうと思いついたのは、当時まだ五歳だったシャイマーのおかげだったと語った。

「ガザでの最初の戦争のとき、もっとも心が痛んだのは、子どもたちが経験する恐怖でした」

とリフアトは言った。

物語は子どもたちが夢中になって気晴らしができ、逃れがたい現実という制約から逃れて想像の世界に入ることを可能にしてくれる。リフアトはすぐに、物語にはより大きな力があることに気がついた。

リフアトが書き、学生たちにも書いて出版するよう励ました物語の多くは、ごく個人的な語りから、伝統的なジャーナリズムの報道にわたるノンフィクションだった。リフアトはどんな書き方や語り方も歓迎し、とくにソーシャルメディアでの投稿では、明敏で機知に富み、恐れ知らずのスタイルを得意とした。

だが、短編小説のアンソロジーである『物語ることの反撃』は、リフアトから見て、ガザの置かれた情勢における革新的な実験であり、彼の使命を新たな次元に導くものだった。「編者による序文」で、彼はこう説明している。ジャーナリズムの記事やコラムとは違って、「小説には、人道主義的な関心と普遍的なアピール力があり、もっと多くの人びとの心に触れることになるうえに、それは一時的なものではなく今後数十年にわたってその力を発揮する」

リフアトは〈私たちは数字ではない〉(We Are Not Numbers)という、二〇一四年のイスラエルによるガザへの攻撃のあと立ち上げられたプロジェクトの共同創設者でもあった。包囲されたガザ地区の若い書き手たちが、英語で自分たちの物語を世界に向けて語るのを支援し指導するプロジェクトだ。

当時もいまも、〈私たちは数字ではない〉は素晴らしい成功を収めている。

〈私たちは数字ではない〉を通じて、私が編集に携わる〈エレクトロニック・インティファーダ〉は、ガザ地区内の、あるいはガザ出身の書き手の多くに知られるようになった。リファアトと同じく、そうした書き手たちも、書き続ける意志を捨ててはいないし、ジェノサイドのさなかにあってはなおさらだ。

リファアトは、ガザで何千人という学生たちに深い影響を与えた。話しかける相手のひとりひとりに、自分は彼にとって特別な人間なのだと感じさせ、新たな可能性に挑戦することを後押しする——そんなたぐいまれな力が、リファアトにはあった。

彼の殺害を受けて、世界じゅうに悲しみと怒りがあふれた。彼に直接会ったことがないどころか、作品にまだ触れたことがない人びとのあいだにすら。

私にとっての大事な思い出は、二〇一四年にワシントンDCとフィラデルフィア、シカゴとカリフォルニアでリファアトと過ごした日々だ。彼は寄稿者のユーセフ・アルジャマールとラワーン・ヤーギーとともに、『物語ることの反撃』のプロモーションのためにアメリカ合衆国を訪れていた。

彼を失ったことが痛切に感じられると同時に、日ごとに、私や世界に彼が与えた影響の大きさがより深く感じられる。

愛する弟ハマーダが二〇一四年に殺されたとき、リファアトはこう書いた。「ガザにいる人びとを殺害し、人と人のあいだ、人と土地とのあいだ、人と記憶とのあいだの絆を断ち切ろうとするイスラエルの野蛮な試みは、けっして成功を収めることはないだろう」

そして、こう付け加えている。「私は物理的には弟を失ったが、弟との絆はこの先も永遠に残り続ける」

物語とは、私たちを結びつけ、私たちの希望を生かしてくれるものなのだ、とリファアトは教えてくれた。

リファアトもまた、いまでも私たちとともにある。彼自身の言葉を通じて、そして、彼に勇気づけられて自分自身や同胞の物語を語ろうとする、多くの若いパレスチナ人の言葉を通じて。

二〇二四年六月

物語ることの反撃

パレスチナ・ガザ作品集

パレスチナへ、ガザへ

そして、イスラエルによる死刑宣告の数々が
頭にはめられた鉛《キャストレッド》のように
私たちの人生にかじりつき、
子猫につくノミのようにしがみつき、
「アーミーン」と言って
老いた女や男たちの祈りに応えようとする
私たちの喉を詰まらせて
祈りが神のもとに向かうのを妨げるとしても、
私たちは夢見て、祈り、
愛しい人の命が
力ずくで引き抜かれるたびに
苦しくなる人生にしがみつく。
私たちは生きる。私たちは生きる。
それが私たちだ。

目次

編者による序文

語り部たちは、脅威なのだ。支配を試みる者すべてを脅かし、人間精神の自由という権利を奪う者たちを怯えさせる……

――チヌア・アチェベ『サバンナの蟻塚』

故郷の土地が物語になる、そんなときがある。それが自分たちの故郷の土地を描いているがゆえに、私たちはその物語を愛し、その物語があるがゆえに、故郷の土地をさらに愛する。

本書は前例のない試みである。『物語ることの反撃』は、二〇〇八年十二月二十七日から二〇〇九年一月十八日にかけて、イスラエルがガザに向けて実施した大規模な軍事侵攻、通称「キャストレッド作戦」を小説という形で記録し、それから五年が経った節目に出版された。ガザ出身の若い世代を書き手とする、本書の収録作品は、英語で書かれた。翻訳や非パレスチナ人の声といった媒介や影響を受けていない、いまこそ必要とされるパレスチナの若者たちの物語なのだ。そうした新しい声の数々を殺《あや》め、受難者たちの苦しみを浪費し、血を漂白し、涙をせき止め、叫び声を抑え込もうとするイスラエルの試みに、『物語ることの反撃』は抵抗することになる。本書が世界に示しているのは、私たちの忍耐をイスラエルが絶えず殺そうとしても、パレスチナ人は前に進むことをやめず、痛みにも死にも屈しはしないということだ。そして、どれほど暗い時代にあっても、自由と希望を見出し、求めることをやめないということだ。『物語ることの反撃』は、物語ることは生きるという行為であり、物語ることは抵抗であり、物語ることは私たちの記憶を形作るのだという動かぬ証拠を示している。本書の書き手でもあるサミーハ・エルワーンは、こう書きつけている。「サイバー空間は、集中化された新たな空間であって、そこでは物語るという行為がつねに進行しています。その空間は、離散したパレスチナ人たちに対して、帰属し、場を作るための新たなやりかたを編み出す可能性を与えてくれるのです」

物語や、語るという行為は、人間が集まるときにはつねにその一部となり、人びとが自分たちの過去に意味を見出して現在と結びつけることを可能にする。それが軸となって、人びとを過去と一体とし、いまだ実現しない夢の形を与えてくれるのだ。とりわけパレスチナ人は、物語を慈しみ、物語を探し求めてきた。本書に収められた短編のいくつかにおいては、物語ることそれ自体が中心的な主題となる。物語は、人間のその他すべての経験を超えて生き続けるのだと、書き手たちは知っているからだ。家族が集まればかならず、現在の世代が直接知ることも経験することもなかった、パレスチナがあのパレスチナだったかつての日々についての物語が、ひとつまたひとつと語られる。そして、誰もが物語や物語る行為に触れてきたのだから、私たちすべてのなかに、あるパレスチナ、救い出すべきパレスチナが存在している。肌の色、宗教、人種が何であれ、すべての人が共存する、自由なパレスチナが。「占領」という語の意味が辞書に出てくるものでしかなく、イスラエルがその語に注入してきた、死や破壊、痛みや苦しみ、欠乏や孤立や制限といった意味や含意で満たされてはいないパレスチナ。イスラエルによる、それらにとどまらない恐るべき行為の数々を、パレスチナ人の書き手たち、とりわけ若い書き手たちは物語の形式でとらえて具体的に示し、それを取り巻く理不尽な状況を理解しようとするとともに、自分たちのパレスチナを探し求めている。ときには隠喩として描かれてはいても、書き手たちの見せる現実は美しいものになりうる。パレスチナは犠牲者ひとり向こう、涙ひと粒向こう、ミサイル一発向こう、泣き声ひとつ向こうにある。パレスチナは、物語ひとつ向こうにあるのだ。

キャストレッド作戦

その当時ガザにいた私たちすべてに、「キャストレッド作戦」は深い傷を残した。だが、一歩離れて見てみれば、それはイスラエル軍による一連のひどく破壊的な攻撃のひとつにすぎなかったし、一九四八年以前には、パレスチナにいたユダヤ人民兵たちが、その土地生まれの人びとを襲撃していた。一九四七年から四八年にかけての戦闘では、ユダヤ人そしてイスラエル人の軍隊が、国際連合がユダヤ人国家に「与えた」国境の内側でもそのはるか外でも、パレスチナの村や町を襲い、イスラエルの支配下に置いた地域からできるかぎり多くのパレスチナ人を追放した。一九五六年、イスラエルはガザ地区とエジプトのシナイ半島全域を侵略し、ガザの住民に多くの虐殺をもたらした。一九六七年にイスラエルはまたもガザを侵略し、さらには東エルサレムを含むヨルダン川西岸地区全体にも侵攻した。そしてそれらの地域を一時的に、国際法の専門家たちが「外国による軍事占領」と呼ぶ状況に置いた。それから四十五年経った現在も、イスラエルは両地域を掌握し、軍法という鉄の締めつけによって住民たちを支配している。西岸地区に、イスラエル当局は六十万人を超える民間の入植者を導入したが、これはあからさまに国際法を無視している。ガザ周辺では、イスラエル当局は厳しい封鎖状態を維持し、折々に残忍な暴力を噴出させてきた。長年にわたって、豊富な武器を手にしたイスラエル軍は、パレスチナの自由の戦士たちと戦い、レバノンにあるパレスチナ難民の共同体にテロ行為をまき散らしてきた。イスラエルの諜報機関は、パレスチナ人の知識人や、指導者と疑われた人物を暗殺してきた。ベイルートで、チュニスで、ノルウェーで、マルタで、ドバイで——そして、西岸とガザでも幾度となく……。

この歴史を踏まえたとしても、イスラエルの「キャストレッド」によるガザ攻撃の衝撃は広範囲に及ぶものだった。イスラエルがガザの人びとの上に無差別に振りまいた死と破壊は、一四〇〇人以上の死者、五〇〇〇人以上の負傷者、そして一万一〇〇〇軒以上の家屋、無数の工業建築物、店舗、道路、橋といったインフラを破壊するか、もしくは深刻に損傷させた。突然の死や爆撃、何十人という警察候補生のばらばらになった亡骸という攻撃初期の光景は、ソーシャルメディアが分刻みでの報道を初めて可能にしたことで、すべてのパレスチナ人と世界じゅうの自由を尊ぶ人びとの心と魂に傷痕を残した。ガザのために動き始める世界の人びとの数は増える一方だった。そして、書く人の数も増える一方だった。攻撃は何百人という警察候補生や小学生や民間人の命を奪ったが、同時に、多くのパレスチナ人――とくにガザで――書くことへの大いなる情熱の火をともしたのだ。

攻撃のあいだ、ガザにいるパレスチナ人たちは以前にも増して、誰であっても、どこにいたとしても、イスラエルの火器から守られはしないのだと思い知った。イスラエルはいたるところに、無差別に、鉛の弾《レッドキャスト》を振りまき、私たちの体を溶かそうとし、じっさいにそうしたのだが、さらに私たちの忠誠心や、私たちの希望や、私たちの記憶も溶かそうとしたものの、それはできなかった。二十三日後、ガザの人びとは立ち上がって体から埃を払い、家やインフラの再建、そしてミサイルが粉々にして離散させたものの再建という根気強い旅を始めた。二十三日間止まることのなかった、イスラエルの憎しみと敵意――そこから、ガザは不死鳥のようによみがえったのだ。

遺体安置所に列を作り、愛する人たちに別れを告げた人びとは、数日後には、値段を上げることをしないパン屋に列を作り、値段を上げることをしない食料雑貨店に列を作った。そして家に帰ると、自分たちが買ってきたなけなしのものを、お金がなく何も買えなかった人びとに配った。ガザの人びとは、かつてなく親密になった。いまやガザは、すべてのパレスチナ人の心だけでなく、世界じゅうの自由な魂を持つ人びとの心に深く根を下ろしたのだ。ガザはほかの何よりも気高かった。ガザは下を向くことはなかった。ガザは、自分たちが持つわずかなもので、あらゆる手を尽くして、抑圧に対して闘うことを私たちに教えてくれた。ガザは私たちに、決して屈しないこと、屈することなど考えなくてもよいのだと教えてくれた。だからこそ、私たちは本書を作ったのだ。ガザのその姿を称えるために。だが、それは戦争にロマンを見出すためではない。戦争とはすべて醜悪なものだ。サミーハ・エルワーンの言葉を借りよう。「あの二十三日間はあまりに多くの痛みに満ちていました。私たちのなかでキャストレッド作戦について書いた人たちは、その恐ろしい記憶によって生じた痛みをいくらか癒そうとしていたのです。そして、私たちを突き動かした抵抗の精神がどれだけ美しいものだったとしても、その美しさは決して、純然たる不正義の醜さを無効にするものになってはいけないのです」

反撃を誓った人も多くいた。自分の身を守ろうと誓った人も多くいた。そして、ガザの人びとのなかには、ペンを手に取るかキーボードに向かうかした人たちもいた。そうした人たちは、イスラエルの攻撃性を告発すると誓い、英語を使って書いた。全世界が、中東におけるいわゆる「唯一の民主主義国」のほんとうの姿を知り、二〇〇八年の二年前に、欧米の有力国の力を借りて、パレスチナに新たに生まれた民主主義が窒息死させられたことを知るように。そうしたブロガーや活動家たちが、本書を現実のものにした。そして、どの社会もそうであるように、パレスチナも完璧ではなく、本書の短編はそのことにも触れている。占領の問題を取り上げるだけでなく、それらの作品には社会的な狙いもあり、高齢化するパレスチナの指導者層や、望ましくない社会的慣習に対して、告発の指を、たいていは象徴的に突きつけてみせている。

とはいっても、台頭する若い世代によるパレスチナ小説が反動的だというわけではない。むしろそれは、創造的で先見の明のある反応だ。自分たちに押しつけられた恐ろしい状況に対して、言葉のなかで抵抗することなのだ。こうした書き手たちが波となって現れるべきときが来た。優れた英語力と、ソーシャルメディアを使いこなす能力があり、志とやる気にあふれ、そして何よりも、次のことをしっかり理解している――イスラエルの長きにわたる占領、絶え間ない攻撃、そしてキャストレッド作戦に対する、「書くことによる反撃」は、パレスチナに対して、そして血を流してはいても回復力のあるガザに対して報いる、道徳的な責務であり義務なのだ。それだけでなく、書くことによる反撃は、抵抗の行為であり、人間性に対する義務なのだ。その言葉を世界に広げ、イスラエルが何百万ドルとつぎ込んで繰り広げる「ハスバラ」(「説得」の意味だが、「誤情報拡散」といったほうが正確だろう)によって目くらましをされた人びとを啓発することなのだ。

短編とその書き手たち

本書に収められた二十三作の短編は、何十点もの応募作品から選ばれた。「カナリア」と「僕は果たして出られるのか?」(それぞれ、リフアト・アルアライールとムハンマド・スリーマーンによって翻訳された)を除いて、すべて英語で書かれている。十五人の書き手のうち、男性は三人だけだ。短編の半分近くは、私が大学で担当している創作や小説の授業での課題を出発点としている。書き手の多くはブロガーとして活動を始めていて、小説を書いた経験はなかった。ガザにいる若い才能の多くに接してみて、私は実感した。正しく後押しし、実践的な練習を積み、しっかり見てやりさえすれば、その人たちの才能は花開くのだ。

これらの短編は、占領や国際社会、高齢化するパレスチナ指導者層に嫌気が差した若い人びとの声を、何かを差し挟むことなく伝えている。作品のなかでは、さまざまな言説や世界観が何層にも豊かに埋め込まれている。そうした世界観は、ときには古い物語やその一部をこだまとして響かせることもあるが、ほとんどは独自のもので、媒体として英語を使っているというだけでなく、パレスチナの苦境に深い洞察を加えているという点でも独自のものだ。書いていくうちに、書き手たちは視点や文体、プロットや形式に始まり、さまざまなやりかたで、さまざまなレベルで実験するようになった。とりわけ目を引くのは、イスラエル軍の兵士たちの心理に「侵入」しようとする短編で、それは若い世代に見られる比較的新しい現象でもある。

キャストレッド作戦の前ですら、若いパレスチナ人たちはブログやソーシャルメディアを使って、イスラエルによる占領に抵抗し、その実態を告発していた。だが、戦争が終わると、そうした手段を利用する書き手が一気に増えた。英語力に優れた、若い人びとは、自分たちの世界観に声を与えるチャンスがあるのだと信じていた。多くは、英語とソーシャルメディアを使いこなす能力によって、イスラエルが絶えず押しつけようとしてくる孤立状態を打ち破る可能性、そして、世界じゅうでキャストレッド作戦後の数年間に草の根組織を山ほど創設してパレスチナ人の権利を要求している活動家たちとつながる可能性に胸を躍らせたのだ——ここでいうパレスチナ人の権利には、ガザのパレスチナ人たちが、イスラエルによる封鎖という果てしない欠乏状態から自由な、人並みのふつうの生活を営む権利も含まれる。

本書の書き手の多くは、大学で英文学を専攻し、英語文学も世界の文学も読んでいる。また、あらゆるジャンルのパレスチナの文学にも親しんでいる。エドワード・サイードやガッサーン・カナファーニー、マフムード・ダルウィーシュ、ジャブラー・イブラーヒーム・ジャブラー、スアード・アル＝アーミリー、スーザン・アブルハワー、ムリード・アル＝バルグーティとタミーム・アル＝バルグーティ、イブラーヒーム・ナスラッラー、サマーフ・アル＝サブアーウィ、アリー・アブーニァマといった作家に、つねに鼓舞されてきたのだ。これらの作家たちは、若いパレスチナ人ブロガーや書き手たちに、明らかに影響を与えている。したがって、最初はフェイスブックでのプロフィール、ツイッターでのツイート、短いブログ投稿が長くなっていくことで始まった、書くという試みは、実践と訓練によって、何よりも普遍的なジャンルである小説の創作に進化していった。最初に寄せられた文章はもっぱら描写的で、「これこれの出来事がありました、そして私はこう思います」という書き方だった。それが後になると、このアンソロジーの軸となる小説になっていった。本書の書き手たちは、これまでにも記事を書いてきたし、いまでも書いているが、そこから小説を書くことへの移行は賢い選択だといえる。コラムや記事が重要だということは否定できないが、そのインパクトは短命なものだし、すでに支持してくれている人たちにしか届かない。だが小説には、人道主義的な関心と普遍的なアピール力があり、もっと多くの人びとの心に触れることになるうえに、それは一時的なものではなく今後数十年にわたってその力を発揮する。本書の若い書き手たちは、小説が時を超え、信念や場所も超越するということをよく理解している。

先に述べたように、本書は男性よりも女性の書き手のほうが多い。若い男性たちもいるのにあえて女性たちを選んだということではなく、ガザでソーシャルメディアを使い、小説を書いている、しかもそれが英語となると、男性よりも女性のほうが数が多いのだ。近年の若いパレスチナ人女性たちがいかに重要な存在になってきたのかを、この事実は示している。彼女たちは使える手段はすべて使って、周囲を引っ張り、パレスチナのアイデンティティを保ち、占領に抵抗し、女性と男性が対等な、より開かれたパレスチナ社会を築いていくにあたって重要な役割を演じてきた。これまでの歴史においても、パレスチナ人女性たちが果たした役割は無視できない。そして、この若い女性の書き手による波は、闘いを継続すると同時に、そこに革命をもたらし、自分たちの感性や世界観を加えている。短編に登場する女性たちが力強く、自立していて、知的で、先見の明があることにも留意すべきだろう。彼女たちの役割はもはや、自由の戦士たちを産むことにとどまらない。彼女たち自身が自由の戦士なのだ。そうした女性たちがどれほど似ているか、どれほど違っているか、短編のなかでどのような問題に取り組んでいるのかについては、研究者や教師や批評家たちの議論に任せることにしたい。

ブロガーとして書き始めたこれらの若い女性たちは、自分たちの意見を表明し、占領の残酷さに対してあらゆる手段でパレスチナ人に尽くすべきときだと信じていた。独立を求めるパレスチナの闘いにおいて、この形での抵抗を取るのは男性よりも女性のほうが多いことから、初めて若い女性がリーダー役を務めることになった。そして、すでにあるパレスチナの物語の大きな枠組みを自分なりに作り替えることで、男性の書き手が訴えるのと同様に力強く、女性の問題を前面に押し出し、その解決方法や彼女たちの世界観を訴えている。したがって、新しい物語や声が、それを封じようとするあらゆる試みに抗って生じてきたといっていい。言い方を変えれば、若いパレスチナ人女性たちの書くやりかた、彼女たちの物語を伝える言語、そして、ある文章を表現する方法とは、自身の能力を証明するための闘いなのだ。つまり、アイデンティティのことを念頭に置いて——この場合はジェンダー・アイデンティティを念頭に置いて——読まれることで、しっかり理解できるということだ。

本書に収められた短編の主題や設定、形式やタイプ、そして実験的試みは多岐にわたる。本全体としては、ガザ地区の若い書き手たちが、イスラエルによる二〇〇八年から二〇〇九年にかけての軍事攻撃をどう受け止めたのかをたどり、記録することを試みているが、短編はパレスチナをひとつの全体として含み、いかなる分割も拒否しようと試みている。どこにいようと、パレスチナ人たちのあいだには、「帰還の権利」の強調がある。短編のいくつかは、「分離壁」、入植地、あるいはエルサレムといったヨルダン川西岸地区での問題を取り上げている。短編によっては舞台は特定されず、その出来事は占領下のパレスチナ、さらには占領下のどの人びとにも起こりうるのだということを示唆している。

パンチの効いた短い短編から、複雑で長い短編まで、そして寓話的な語りから子どもを寝かしつけるときのような語りまで、幅広い作品がある。この魅力あふれる短編集は、単なる文学的な価値を超えて、パレスチナのすべてを、ひとつの物語のなかに結びつけている——イスラエルによる中世めいた包囲と立て続けの軍事攻撃にガザが耐えねばならない一方で、西岸地区とエルサレムはイスラエルの造る壁や検問所を経験せねばならず、一九四八年に占領された地域のパレスチナ人は、イスラエルの人種隔離政策《アパルトヘイト》に苦しまねばならず、各地に離散したパレスチナ人たちは、戻りたいと思ってもすんなり戻れはしないという現状に耐えねばならない。本書のガザの書き手たちの、すべてではなくてもその大半は、パレスチナのなかのほかの地域を訪れたことはない。インターネットという場所において、各国に離散した人びとや西岸地区、エルサレム、そして一九四八年に占領された地域のパレスチナ人たちと出会い、交流できているのだ。書き手たちはともに、パレスチナの断片的な土地をつなぎ合わせ、イスラエルが現実に存在させまいとする魅力的な姿を作り上げている。じっさい、書き手たちは自分では一度も経験したことのない分離壁や検問所や入植地などにも触れている。『物語ることの反撃』の主軸は、ガザ出身の書き手たちだが、ガザは分離した存在なのだというよくある誤解に抗い、それに反論するのだ。

主題面

本書に収められた短編は多くの問題を取り上げているが、そのなかで軸となるのは、土地、死あるいは死ぬこと、そして記憶という問題である。

土地について、エドワード・サイードは『文化と帝国主義』でこう書いている。

帝国主義における主要な戦いは、土地をめぐるものであることはいうまでもない。しかし、誰がその土地を所有し、誰がそこに定住し耕作するのか、誰が土地を存続させるのか、誰が土地を奪い返すのか、誰がいま土地の未来を計画するのかが問題になるとき、こうした問題に考察をくわえ、異議をとなえ、また一時的であれ結論をもたらすのは物語なのである。

ある人の土地との関係が他者によって脅かされると、もともとそこに根ざしているということから、土地への思い入れは強くなる。本書の短編には、パレスチナ人たちが土地とみずからを結びつけるときの情熱が宿っている。土地、場所、そして木々は、『物語ることとの反撃』における中心的なモチーフである。土地や土に対するこうした思い入れは、パレスチナ人をその土地から引き離そうとするイスラエルのあらゆる実践や措置にも負けることなく、強くなり続けている。イスラエルが懸命になればなるほど、この人びとの土地への思い入れは強くなるのだ。したがって、これら短編の多くは、みずからがパレスチナを所有しているのだというイスラエルの物語や神話への挑戦という文脈で読むことができる。

短編の多くは、人の死や死んでいく人に満ちているという読者もいるかもしれない。その特徴は否定しようがない。人生のかなりの部分を、死を目の当たりにして生きてきた世代から、ほかに何を期待できるというのか。占領によって、パレスチナ人の大半にとって死は日常的に目にするものになってしまった。それでも、死という表面の下には、生きることへのこだわりや、生きようとする決意がある。これらの短編の行間には、生き延びようという思いがあるのだ。書くというまさにそのことが、よりよい人生を求める書き手たちの希望を伝えている。人生の経験——本書においては、死の経験も含まれるが——を描き、探求しようとする思いは、ほかの人びとがよりよい人生を送れるようにという、スムード（忍耐）の行為にほかならない。それはパレスチナ人の生を長きにわたって特徴づけてきたものだ。投げ出してしまうこと、占領に屈することは、ほとんどのパレスチナ人にとっては嫌悪すべきことなのだ。

記憶についていえば、ある物語を語ることは、記憶し、ほかの人びとが記憶するのを助けることなのだという点を忘れてはならない。短編のすべてではなくても大半は、ささやかな細部に目を向けることで、書き手自身の記憶、そしてほかの人びとの記憶に、それらの残虐行為や、まれに希望が宿る瞬間を刻み込もうとしている。記憶は私たちの世界の多くを形作るものなのだから、物語という形でそうした記憶を語ることは、パレスチナとパレスチナ人とのつながりを破壊し消し去ろうと懸命に試みる占領に対する抵抗なのだ。本書に収められた短編は、記憶することを後押しし、忘却することを非難する。登場人物が死につつあるときですら、その人物の究極の願いとは、ハムレットが言うところの、ほかの人びとに「語り継いでほしい」ということなのだ。だとすれば、物語を語ることそれ自体が、生きる行為になる。さらに、いくつかの短編はイスラエル人兵士たちを追いかけ、彼ら自身の記憶や良心に入り込み、こう宣言する——占領者たちには安息などないのだ、私たちパレスチナ人は、占領を終わりにしなければならないとあなたたちが痛感するまでまとわりつくのだ、でなければ、あなたたちのもっとも親密な瞬間を台無しにするべく、私たちは声をかぎりにこう叫ぶだろう、「もうたくさんだ！たくさんだ！」と。

今日のガザで生き、書くということ

もちろん、これらの短編は非常に厳しい状況において書かれた。ガザは二〇〇六年以降、イスラエルによって包囲されている。イスラエル軍当局は、二〇一〇年にまったく正当性なく「ガザ自由船団」を攻撃したあと、そして「アラブの春」のあと、ほんのわずかにその包囲を緩和した（だが、二〇一三年夏のエジプトでの恥ずべき政変のあと、ガザに巻きつけられた絞首刑用の縄はふたたび強く締められた）。イスラエルはガザの周囲に、政治的・経済的・知的な封鎖を延々と維持している。それが意味するのは、自分自身の物語を練っているとき、本書の書き手は、ガザにいるすべての人と同様に、電力が途絶し、孤立し、失業に苦しみ、生活必需品もなく、本もなく、薬やヘルスケアも利用できず、ガザの外に移動することもきわめて困難なまま、あまりに頻繁な苦痛、死、愛する人の喪失といった、絶え間なく力を奪う構造的暴力下で生き抜かねばならないということだ。その一方で、イスラエルはガザの継続的かつ侵入的な監視や、その地区に暮らす百七十万人の人びとへの直接的で致死的な暴力を頻繁に行使することを決してやめていない。

だが、イスラエルが攻撃的になればなるほど、ガザのパレスチナ人たちは生きてとどまるべき理由をさらに多く見出す。尽きることのない創意工夫と献身でもって、占領が作り出した多くの問題を回避するすべを見つけるのだ。本、生活必需品、燃料、建築材、その他多くのものが、トンネルから密輸された（花嫁がトンネルを使ってガザに入ったりガザから出たりすることさえあるし、残念なほど少数とはいえ、シリア出身のパレスチナ難民が、シリアでの恐ろしい状況から逃れてガザに退避することもできた)。私たちが生きることを、何も止められはしない。本書の書き手たちと私は、恐るべき生活環境を利用し、短編でそれを取り上げ、反攻の物語ともいえるものを作り上げた。これらの短編の背景となる、恐怖と不確かさという状況は、可哀想なアンネ・フランクが耐えねばならなかった状況と似ている。私たちは、映画『戦場のピアニスト』で見たようなひどい状況を生きていた。そして、アンネ・フランクや、『戦場のピアニスト』で抵抗した人びとのように、そして占領下にあるどこの人びととも同じように、私たちは抵抗し、反撃することにこだわった。私たちの場合、それは書くことによってなされた。

先に述べたように、二〇一一年には連帯活動が地球規模であふれ出した。そのひとつに、ガザの行く末を案じる世界の人びとがガザに宛てて書いた手紙で一隻の船をいっぱいにして、それをガザの海岸に届けるという、アメリカ合衆国の市民団体による活動があった。その船には、バラク・オバマが当選前に書いた本の題名にちなんで「大いなる希望」という名前がつけられた。その船がガザにたどり着くはるか前に、イスラエルから強い圧力をかけられたギリシャ政府が介入し、船は任務を果たすことができなかった。だが、ガザの外にいる人びと(そこには、多くの心ある有名作家も含まれる)は、イスラエルが私たちを入れておこうとしてきた深い知的そして個人的孤立という檻を打ち破ろうとしてくれた。それに感謝し、応答しようとする気持ちによって、本書は作られ、出版された。そうして、キャストレッド作戦の五年後、私たちがふつうの、そしてふつうに充実した生活を送る権利を支持してくれる世界じゅうの人びとに、私たちはこう言うことができるのを嬉しく思う。ガザは書くことで反撃するのだ。

ガザは書くことで反撃する、なぜなら、物語を語ることは、パレスチナの国民としてのアイデンティティと団結を作り出す力になるからだ。ガザは書くことで反撃する、なぜなら、救い出すべき、目下のところは文章において救い出すべきパレスチナというものがあるからだ。ガザはいくつもの物語を語る、なぜなら、パレスチナは短編ひとつの距離にあるからだ。ガザは語る、人びとが忘れてしまわないように。ガザは書くことで反撃する、なぜなら、想像力とは新たな現実を作り上げる創造的な道だからだ。ガザは書くことで反撃する、なぜなら書くこととは国家を目指す者の責務、人間性に対する義務であり、道徳的な責任でもあるからだ。

リフアト・アルアライール

二〇一三年十一月

用語解説

本書に使われている言葉には、読者にはなじみがないと思われるものがいくつかある。

男性にも女性にも、長男の父親ないし母親としての敬称がつけられるのが慣習である。**アブー**とは「〜の父親」、**ウンム**とは「〜の母親」という意味である。したがって、ある夫婦にサーメルという男の子がいる場合、家族や友人や知り合いからはアブー・サーメルとウンム・サーメルと呼ばれることになる。それよりは一般的ではないが、男の子がいない場合は長女にちなんだ呼称が用いられることもある。あるいは、子どもがいない人であっても「アブー」や「ウンム」を使って呼ばれることもありうる。パレスチナ人の子どもは、親をさまざまな名前で呼ぶ。この本での**ママ**と**ババ**は、「母さん」と「父さん」のことである。

クーフィーヤとは、パレスチナやアラブ諸国でスカーフあるいは頭飾りとして着用する、伝統的な市松模様の布である。ほかのアラブ諸国では別の名前で呼ばれることもある。

イードとは「祝日」を意味するアラビア語である。イーディーヤとは祝日のプレゼント、通常は子どもたちにあげるお金のことである。

シャハーダとは、ムスリムの信仰告白である。

「破局」という意味の**ナクバ**は、一九四八年のイスラエルの建国宣言と、パレスチナの土地の収奪によって故郷の土地から力ずくで追われた事態を、パレスチナ人が指すときの言葉である。

UNRWAは国連パレスチナ難民救済事業機関の略称である。この国連機関は一九四九年に設立されて以降、パレスチナ人難民に、彼らが故郷に帰還するまでの一時的な措置としての援助を行っている。

Lは生命《ライフ》のL

ハナーン・ハバシー

父《ババ》さん、お元気ですか。最後にゆっくり話をしたときから、ずいぶん経ってしまいました。あなたが「おまえのちっちゃな心」と呼んでいたところに幸せがひょっこり入ってきたら、そのたびに手紙を書くからと約束していたのを、危うく忘れてしまうところでした。幸せいっぱいの手紙は書けなくなってしまう心配があるので、父さんには何も条件なしで書くことにします。あなたに話しかけるときにあった満足感を失わずにすむように。今日で、父さんを失ってからちょうど十一年になるけれど、いまになってようやく、どれだけあなたのことを恋しいか、あなたを失ったことは打ち負かせない恐ろしい獣みたいなものだとわかりかけてきました。父さんは心底から必要とされている、そのことはわかっていますよね。この思いがちゃんと伝わっているということだけが、わたしの慰めです。

歴史の授業でいい成績を取るとか、カラーマおばさんの家族とお出かけするとかなんかより、人生は痛ましいくらい複雑になってしまいました。人生はそんな単純なものではありません。

どう言えばいいでしょう。このところのガザにはいらいらしてしまいます——このところというのは、ここ数年のことですが。少なくとも、我慢強くなるための練習にはなります。今年の夏は、あなたなしで過ごした夏のなかでも一番ひどいものでした。まともな空気を吸うことが、めったにない贅沢になりました。しょっちゅう虚無感に襲われるようになって、そんなときは日光が当たりっぱなしの自分の部屋で座って、あの小さな銃弾が残した小さな痕と、醜いひび割れをじっと見ています。そう、あのライフルが残した、あのひび割れのことです。ほんとうに目障りです！　ときどき、それを見つめながら、あの兵士はどんな見た目だったのだろうかと思い出そうとします。あの巨大な化け物は、わたしのベッドから父さんを引きずり出して、寝かしつけのお話を締めくくることもさせなかった。わたしに思い出せるのは、兵士の黒くて埃っぽいブーツと、恐ろしいライフルだけです。何度も何度も、どんな外見だったのかを思い出そうとして、結局はあれは顔のない怪物だったんだろうと思ってしまいます。やりすぎかもしれませんが、その兵士のことを考えて、彼の人生や家族、「愛する」妻、頭がよくて算数の得意な子ども、彼が笑ったり泣いたりしていることを考えたこともあります。父さん、父親を失った苦しみをわたしが生きていて、お話が途中で終わってしまったことを大喜びできるなんて、どんな人なのでしょう？

暗闇に襲われる、そんなときには窓のそばに座って、停電している家々を見渡して、静かなガザの夜の甘い匂いをかいで、さわやかな空気が心にまっすぐ届くのを感じながら考えます。あなたのこと、自分のこと、パレスチナのこと、ひび割れのこと、何もない壁のこと、あなたのこと、母さんのこと、あなたのこと、歴史の授業のこと、あなたのこと、神のこと、パレスチナのこと――わたしたちの、未完のままの物語のことを。あなたの優しい声がターエルの物語を話してくれたのを思い出して、うれしくなります。ターエルとおまえはそっくりだな、ターエルはおまえみたいな野性的な目をしているし、おまえにはターエルみたいなはにかんだ微笑みがある、と父さんに言われて、うれしくてにんまりしたことをまだ覚えています。ターエルが誰なのか、どういう人なのかはわからないままだけれど、父さんの物語の主人公のことはいつも信頼していました。ターエルが孤児院の裏庭にオリーブの苗木を植えるところを思い出すとき、父さんのきらきらした目がいっそう輝いていたことは、ぜったいに忘れません。父さんの顔に浮かぶ微笑みに、神の祝福を。地面の下にある種に神の祝福を。父さんがわたしの目をじっと見て、こう言ったことを忘れるはずがありません。「ターエルは一家全員を亡くしたが、人生に対する信頼を失うことはなかった。おまえにも、それくらい強くなってほしい」父さん《ババ》、ターエルはイスラエル兵と取っ組み合いできるくらい強いの？　とわたしが訊ねたときのことを、父さんは覚えていますか。あなたはいつものようににやりと笑うだけで、答えてはくれませんでした。答えはわたしに自力で出してほしかったのですね。ターエルがまだ十二歳のとき、アマルという孤児院の女の子が全身を震わせて汗びっしょりになって幻覚を見始めたときのことを、父さんは話してくれました。孤児院の誰にも、夜間外出禁止令を破るだけの、つまりは死ぬだけの勇気はなかった。でも、ターエルは、アマルのためにお医者さんを呼びに出て、そのとき……。そのとき、地上の地獄になってしまいました。そのとき、父さんはいなくなってしまいました。

ターエルの物語を完成させなければ、と思い始めたのがいつなのかはよく覚えていません。でも、ちゃんとした結末を考えてみようとするたびに疲れてしまって、頭のなかがどんどん重くなってしまいました。わたしひとりでは無理でした。自分のためにもう一度、あなたのためにもう一度考えないといけない気がして。頑張ってはみたんです。でも、そうそう簡単にできることではありませんでした。物語を完成させるには人がふたり必要だ、と父さんは誰よりもよくわかっています。いつだってふたりいないとだめなのです。好奇心や、結末を求める気持ちに自分は突き動かされているのかもしれない、と思うと嫌でした。ターエルはわたしの人生において、もうひとりの「あなた」です。あの忌まわしいひび割れの上にかかっている父さんの写真や、黒々とした色が擦れて輝かしい灰色になっている父さんのクーフィーヤのように。写真もクーフィーヤもすべて、あなたの生きる一部なのです。父さんをさらに失ってしまうのではないかという恐れがわたしを動かしているのだ、と信じるしかありませんでした。

一度、あなたの伴侶である母《ママ》さんに訊いてみるのはどうだろうと考えました。きっと、あなたは母さんにもターエルの話をしているはずだと思ったのです。ふたりで幾夜となく、ターエルの目や笑顔にうっとりして過ごしたのだ、と想像しました。だって、一緒に過ごすのは母さんにとっては贅沢な時間でしたが、そのときのふたりの話が尽きなかったことを、わたしははっきりと覚えているからです。ときどき、思い出のどれかに旅をします。あなたの声の響きや、母さんの笑い声のこだまが耳によみがえります——もうずっと前に死んでしまった笑い声。でも、心配しないでください。母さんは微笑みをけっして絶やしていません。こんなことをわざわざ書くのはどうかとは思いますが、母さんが日ごとに弱々しくなっていることは知ってください。苦々しくて孤独な人生を進んでいくためのどんな秘訣を、母さんは知っているのでしょう。それがいつも不思議です。母さんならいろいろ知っているはずです。そうでしょう？

ターエルのことを知っているものと思って、一度母さんに単刀直入に訊いてみたことがあります。「ターエルって、最後にはどうなったの？」と。母さんはお皿の最後の一枚を洗って、蛇口の水を止めて、流しをしばらく見つめていました。心癒されるような答えを聞けるのだという気がしました。でも、母さんの心はさっと閉じてしまいました。「ターエルって誰のこと？」と、目を細めて訊いてきました。

「ターエルよ」とわたしは答えました。それから、母さんが不安げな顔になっているのを見て、「ターエル。父さんが話してたターエルのこと！」と繰り返しました。母さんの体の動きのひとつひとつ、口にしない言葉のひとつひとつに、彼方にある物語のきらめきが見えました。母さんの目には混沌が見えたけれど、母さんは沈黙を盾にしてそれを隠してしまいました。「ターエルだよ！　孤児院にオリーブの木を植えた強い子のこと！」わたしはどうにか話してもおうと続けました。

「強い子だって？　あなたがどんなに強くても、どんなに強いふりをしていても、そのうち人生でつらい思いをさせられるときはあるし、だからといって弱くなったりはしないのよ。それで人間らしくなれる」

そう、父さん、こんな女の人なんて知らないでしょう。わたしも同じです。それは知恵なのだと思いたいです。母さんが偏屈になってしまったのは残念だけれど、それでも母さんはかなりの知恵を得ました。母さんがどう答えるにしても、物語のターエルとは関係ないはずだと思いつつ、わたしはもう一度訊いてみました。ターエルがどうなったのか、孤児院に戻ってこられたのかどうか知っているか、と。「その子はふるさとに帰った。私たちはみんな、帰ることになる」と、母さんはこっそりした声でささやきました。わたしはその夜、ターエルの家、母さんの目に映っていた遠くの人生について考えました。外で低くうなるドローンの恐ろしい音か、頭のなかで鳴る難しい問いの音か、どちらがより苦しいのかをずっと考えていました。結局、答えは出ないまま、ドローンのせいで心のなかの喧騒が和らぐ暇がないのがありがたいと思いながら眠りに落ちたのだと思います。

二週間前に、お祖父さんは近所のアブー・フィラースと一緒に、UNRWAの食料引換券をもらいに出かけました。家を出たときには気は確かだったのに、帰ってきたときには狂っていました。あっさりと。アブー・フィラースが言うには、お祖父さんは焼けるような太陽の下、列に並んでまるまる三時間も待ったそうです。ようやく引換券をもらえるかというときになって、そこにいた男の人に、「何をもらえるのかな?」と訊ねると、「食べ物だよ!」と答えが返ってきました。

「それで、この引換券で私はいつヤーファーを手にできるのだ?」とお祖父さんは声を荒らげました。どんな喧々囂々《けんけんごうごう》の騒ぎになったのかは、父さんにも想像できると思います。アブー・

フィラースが無理やりお祖父さんを連れて帰って、すべては収まりました。その出来事について、あまり考えたくはありません。あなたがいなくなってから、お祖父さんの人生は、一本のレモンの木と愛する息子を失った悲しみの色ですっかり染まってしまっています。かつてのような、何時間もわたしと話をしてくれたような人ではなくなってしまいました。もう信じる心をなくしてしまって、わたしのことすら信じていません。私たちのパレスチナを取り戻すために人は闘って死ぬのだ、とお祖父さんは言います。でも、そうやって闘う自由の戦士たちは戻ってはこないし、パレスチナも戻ってきません。息子はいまはヤーファーにいて、一本のレモンの木のそばに座っていて、私たちの見事な海に消えていく太陽に見とれているのだ、とお祖父さんは言います。息子は決して戻ってこない、ヤーファーという楽園を去ることのできる人などいるだろうか、とお祖父さんは言います。くる日もくる日も、お祖父さんの顔の皺《しわ》に宿る歳月に、そして、弱い心臓の鼓動となるかつての日々の思い出に、わたしは恋をしています。

もうおわかりでしょうが、わたしはターエルのことをお祖父さんにも訊ねてみました。すぐに答えが返ってきました。「ターエルはこの汚れた世界と息を分け合うことを拒否した。別の場所で大人になることにしたのだ。ばかみたいな顔はやめなさい。そう、死者も成長するが、年を取るなんて信じてはだめだ」母さんの答えよりも、さらによくわからなくなりました。「そんなはずない。死ぬなんて選択肢をターエルが考えたはずがない。じゃあ、アマルはどうなるの？　アマルが死ぬのを放っておくような、自分勝手な少年だったわけ？」とわたしは声を上げました。

「アマルとは誰のことだ？」お祖父さんはあっけらかんとしていました。

どういうわけか、わたしはほっとしました。笑顔になってこう言いました。「わたしの大人の友達のこと。いつか紹介するね」明日になったらカラーマおばさんを訪ねていくから、一緒に行かないかと誘ってみました。子どもたちとか家族でいっぱいの家にはもう我慢できない、という答えが返ってきました。わたしは構いませんでした。お祖父さんの額にキスをしました。レモンの花のような香りがしました。深い皺のくぼみにレモンの果樹園を作ったのか、と思うような。父さん、どうしてお祖父さんは、ターエルはもう死んだなんて言えるのでしょう。お祖父さんだって信じていないはずなのに。私はターエルの人生に加わっていく一瞬一瞬を祝っていました。自分の信念に感謝をしなければいけません。傷を癒したいと思えば、そこまでの信念の飛躍をしないといけないからです。歳月とは人生の長さかもしれませんが、信念は間違いなく人生の幅を決めます。

次の日は、かなり早くに目を覚ましました。生まれて初めて、わたしは日の出を見ました。あたりの薄明かりで、世界はわたしの気分とまさに同じように見えました。そのとき、わたしは深く、深く内を見て、壊れ始めました。そうしたかったからではなく、止めようがなかったのです。わたしが生きがいにしているものには、死にがいにするだけの価値があるのだろうか、と自問し始めました。人生で手にしたものすべてについて考え始めました。いろいろなものを手にしてはいても、どれも欠かせないものにはとうてい思えません。ほんとうに夢見た形で手に入れたと思うたびに、それはねじれてくるりと向きを変え、するりと逃げていってしまいます。あなたの魂があるようには感じませんでした。あなたがもっと近くにいると夢見ようとしても、前と変わらず遠くにあるままです。ターエルのせいだとはわかっていました。わたしがまた眠りにつくときにも、ターエルはこの先も結末のない物語のままなのではないかと不安になったのです。あなたは物語ひとつ向こうにいる、とわたしは知りました。物語ひとつ向こうに。

ターエルの身に何があったのか、知りたい気持ちを抑えられませんでした。太陽には二時間を与えて、畏敬の念を覚えさせる空でお気に入りの場所に昇れるようにしました。天気はまだ態度を決めかねていました。ひんやりした空気が騙《だま》そうとしてきているので、あなたの栄光あるクーフィーヤを首にかけて、しっかりした足取りで外に出ました。その日、わたしは人生を信頼していました。なんてうぶな、とお祖父さんには思われるかもしれませんが、あなたはきっと違いますよね。人生とは、信じるに足る数少ないもののひとつです。

「偉大なる真理でも眼鏡でも、何でもいいから何かを見つけるには、まず、見つけるのはいいことなのだと信じねばならない」と人は言います。そして父さん、それはほんとうにいいことなんです。ついにカラーマおばさんの家に着くと、私ははやる気持ちで扉をノックしました。表で十分以上待ちました。ずっとノックしていても、誰も出てくれません。もう帰ろうとしたそのとき、おばさんが扉を開けました。寝ていたのです。ターエルの話がどうやって終わるのかわたしが知らないのに、おばさんは寝ていたなんて。おばさんはわたしを家に入れると、ちょっとごめんねと言って服を着替えました。おばさんが謝ってきたので、「謝らなくていいから！」とわたしは言いました。

おばさんは眉を吊り上げて、真っ青な顔になりました。「どうかしたの？ お祖父さんに何かあったんだね。でなければ、何か月も顔を見なかったのに、こんなに朝早く訪ねてくるはずがない。神よ！ どうなってしまったの？」

おばさんを落ち着かせて、心配を追い払う必要がありました。「こんなに朝早くに来たのは、ターエルのことがあったから」とわたしは言いました。そうです、父さん。カラーマおばさんに訊ねました。それ以外に手はありませんでした。あなたが「パレスチナ」と書けないくらい小さかったころから、一番の友達といえばおばさんだったと知っていたからです。父さんが正しく書けるように教えたのは私よ、とおばさんはことあるごとに自慢しています。あなたはいつも、その大きさを信じていた、と。「Ｐは情熱《パッション》のＰ、Ａは大望《アスピレーション》のＡ、Ｌは生命《ライフ》のＬ、Ｅは存在《イグジステンス》のＥ、Ｓは正気《サニティ》のＳ、Ｔは信頼《トラスト》のＴ、ＩはあなたのためのＩ、Ｎは国民《ネイション》のＮ、Ｅは高揚《エグザルテーション》のＥ」そう教わると、父さんはきちんと綴りを書けた。壁にもテーブルにも、書けるところには片っ端からそれを書いていた。その感動的な文字を木に彫り込み、最後には心にも刻み込んだのです。

「ターエルがどうなったかって？」わたしが単刀直入に訊ねると、おばさんはぶっきらぼうに答えました。わたしの胸に希望が戻ってきて、やっぱりおばさんはターエルを知っているんだと思って高鳴りました。

「つまり、最後にはどうなったのかな。孤児院にちゃんと戻れたの？ アマルは生き延びられた?」とわたしは訊ねましたが、おばさんはそれ以上答えようとはしませんでした。正直に言って、わたしはがっかりしました。あなたはわたしの心を信頼してくれていないと思いました。あなたの物語に近づこうとさせてくれないのですから。

おばさんは黒い服に着替えて戻ってくると言いました。「立って。これから特別な場所へ行くから」

涙ぐんだ目で、わたしはおばさんを睨んで言いました。「地球のこの片隅に、特別な場所なんてどこにあるの?」おばさんはそれを聞くと怒り出して、地球のこの片隅を信じられないのなら、そもそもターエルを知るのにふさわしくないと言いました。わたしは恥ずかしくなった、そのことは知ってください。

そして、ついに出かけました。おばさんは、わたしがいままで行ったことのないあちこちに連れていってくれました。難民キャンプの狭く暗い道路に、わたしの心は魅了されました。あのほろ苦い感覚がありました。そこにあなたがいる、と思えたのです。「特別な場所」に向かう途中、カラーマおばさんは難民キャンプにいるありとあらゆる家族のことをずっとしゃべっていました。深い苦痛の物語の数々が、わたしたちのお伴《とも》でした。そんなにたくさんの話をどうやって知ったのか、わたしは訊ねました。私たちのナクバは秘密なんかじゃない、とおばさんは言いました。わたしはかつてないほど、おばさんのことをすごいと思いました。それまでは、退屈な歴史の教師としか思っていませんでした。おばさんが昇任を拒否して、三年生の教師にとどまり続けていたことを、初めて知りました。おばさんは子どもたちのことを信じていたのです。子どもたちの小さく純粋な心に宿る希望を見捨てるわけにはいかない、と言いました。

「ここよ」とおばさんは言いました。まったくの驚きでした。こんなところが「場所」なのでしょうか。わたしは言葉もなく足を踏み入れました。カラーマおばさんは、焼けた家の残骸を見て楽しんでいるようです。地面から立ち昇る匂いがわたしを包みました。それを振り払うことはできません。おばさんの微笑みの沈黙が、心にさらに重くのしかかってきました。自分がどこにいるのかわからなくなりました。わたしはどこにもいない。あらゆるところにいる。ここにいる。

おばさんの朗々とした声がよみがえりました。それまで黙っていたとは信じられないほどでした。「まったくもう！　感じ取れない？　あなたの父さんは若いころずっと、ここで、パレスチナをどう綴るのかを子どもたちに教えてたのよ。Ｐは情熱《パッション》のＰ、Ａは大望《アスピレーション》のＡ、Ｌは生命《ライフ》のＬ、Ｅは存在《イグジステンス》のＥ、Ｓは正気《サニティ》のＳ、Ｔは信頼《トラスト》のＴ、Ｉはあなたのためのｉ、Ｎは国民《ネイション》のＮ、Ｅは高揚《エグザルテーション》のＥ」

おばさんまで頭がおかしくなってしまったのか、と少し心配になりました。わたしはようやく口を開きました。「おばさん、それってどの子どもたちのこと？　特別な場所っていうけど、ただの荒れた土地じゃない」おばさんはものすごい怒りを飲み込んでいるようでした。廃墟に戻りました。そして微笑みました。笑い声を上げました。泣きました。何度もため息をつきました。そこにわたしは割り込みました。「それで、この場所はターエルやアマルとどんな関係があるの?」

「マリアム、全然だめだね。でも私は、人生というのはやり直すチャンスが大事だってずっと信じてきた。あなたはそんなチャンスにふさわしくないけど、どこかの時点で私たちみんなにそれが必要になる」おばさんはわたしの無礼さに優しく答えました。そして訊ねてきました。「もし勇気をくださいと神に祈ったら、神は勇気をくださる? それとも勇気を出すチャンスをくださるの? 真理をくださいと祈ったら、神はみずからの真理を与えてくださるの? それとも、目を開くチャンスをくださるの?」

「人生は努力を必要とするはず」わたしは手短に答えました。

「じゃあ、目を開きなさい。焼けた家の向こうを見なさい。答えは自分で見つかるはず。私はあなたのことを信じている。父さんがターエルの物語を誰かに話したのなら、その人を信じる」とおばさんは言って、涙をためたわたしの目に微笑みかけました。父さん、わたしには何も見えませんでした。血を流すわたしの心をとらえるものはありません。恥ずかしくなりました。あなたにはもっと優れた子どもがいるべきなのだと思いました。

わたしは頭を垂れました。微笑みました。笑い声を上げました。泣きました。何度もため息をつきました——焼けた家の隅のほう、孤児院の隅のところに、オリーブの木が枯れずに立っているのが見えたのです。ターエルの植えた種は成長していました。ほかには何も残っていませんでしたが、その木で十分でした。わたしにとっても、アマルにとっても、ターエルにとっても、そして最愛の父さん、あなたにとっても。

暗闇に襲われる、そんなときには窓のそばに座って、電気の来ていない家々を見渡して、静かなガザの夜の甘い匂いをかいで、さわやかな空気が心にまっすぐ届くのを感じながら考えます。あなたのこと、自分のこと、パレスチナのこと、孤児院のこと、あのオリーブの木のこと、あなたのこと、アマルのこと、母さんのこと、あなたのこと、わたしの歴史の授業のこと、カラーマおばさんのこと、あなたのこと、神のこと、パレスチナのこと、ターエルの物語のことを。

戦争のある一日

ムハンマド・スリーマーン

いつものように、ハムザは白い壁にもたれかかった。このところ、壁には幼い甥や姪やいとこたちの手によって汚れがつき、まちまちな長さの陰気なひび割れが走っていた。本を読み進められそうな平穏を感じたところに、つつくような思いがときおり、心を占領しようと企てているかのように襲いかかってくるのをはねのけた。そうした思いは、自分の心が作り出したものにすぎない。ただの想像の産物だ。つまり、それに取り憑《つ》かれているのは自分だけなのだ。読書するのを邪魔しようとしているのだ。そうハムザは考えた。

ろうそくの火がゆらめくと、壁にかかるハムザの影もゆらめいた。ほんの少し開いた窓から、優しく冷たいそよ風が吹き込む。ハムザの母親は、鼻にほくろのある四十代後半の女性で、家族が眠るときにはかならずどの窓も少し開けるようにしていた。もし近くで爆発があったとしても、窓が粉々に割れてしまわないように。

ハムザは温かい手で本を開き、かつて父親が何度も読んでいたぼろぼろの本を読もうと粘った。読みながら、ふと目を上げ、開いた窓の向こうを見つめて、「彼らは僕らの命を奪えても、僕らの自由は決して奪えない」と言った。どこから出てきた言葉なのかはよくわからなかったが、もう一度それを繰り返し、そばで眠っている七歳年下の弟ジハードを起こしてしまわないよう、胸に湧き上がる熱い思いを抑えようとした。ハムザが唇を閉じて「自由《フリーダム》」の「ム」をそっと発音したかというそのとき、耳をつんざくような爆風が一帯を襲い、かつては果てしなくあたりを覆っていた静寂を、とてつもない雷鳴のような音に変えた。本能的に本をつかむ力を強め、心臓が胸を突き破ろうとするかのように激しく脈打ち、ハムザはとっさに頭をのけぞらせた。ジハードは眠ったまま体を動かし、ベッドからシーツがすべり落ちた。ハムザは静かに立ち上がり、弟の体にシーツをかけてやると、本に戻った。目の前に視線を集中させ、目にしているものから何かを汲み取ろうとした。だが、深く集中すればするほど、本を握る力はますます強くなり、まわりの暗闇はますます深くなるように思えた。じきに、ハムザは眠りに落ちた。

眠っている彼がどうして微笑んでいるのか、それは誰ひとりとして理解できなかった。眠っているときだけ、彼は安心や幸せをもたらすものを手にできるのだとは、誰ひとりとして思い当たらなかった。眠ってはいないときに奪われているものを手にできるのだ。ハムザはすーすーと寝息を立てる甥や姪やいとこたちに囲まれていた。家族ともども、戦争中に彼の家に泊まっていて、いまでは眠っているハムザの一番近くに行ってごわごわしたあごひげに触れられるのは誰かを競い合っている。ハムザが目を開けると、無邪気で楽しそうな顔がいくつも、彼に向かってにんまり笑っていた。彼はあくびをして、両腕を伸ばし——本は頭のすぐそばにあって枕で半分隠れている——子どもたちに笑顔を返してから、部屋から出てくれと頼んだ。「いいから遊んでこいよ」と静かに言い、毛布を引き上げた。大きく開いた窓から、太陽の光が部屋に流れ込んでいる。母親が起きると最初にするのがそれだった。それは祖母から受け継いだ習慣だったが、朝一番に窓を開け放つことの意味はわかっていなかった。もしかすると、家族の顔に新しい命を吹き込むためか、真っ先に目に入るのが窓だからか、あるいは、まったくもって不快な臭いから家族を解放するためか。光で壁の跡がはっきりと見え、変色したろうそくの上にのった蠟の塊が明るくなった。

子どもたちがその遊びを楽しんでいることを見て取ったジハードは、戻ってくるよう小さな子どもたちに合図をした。天使のような幼い姪は、眠っているハムザにこっそりと近づいた。ハムザの顔からは、微笑みはまだ消えていなかった。姪は忍び足で前に進み、目を輝かせ、両手で笑顔を隠して、ハムザの顔のそばに陣取った。子どもたちは忍び笑いを抑え切れなくなり、不安げにくすくす笑う声が漏れた。ハムザはもぞもぞと動き、顔にかかる日の光を遮っている姪は、そのあごひげに手を伸ばした。恐ろしい沈黙が部屋に広がり、子どもたちはくすくす笑うのをようやくやめ、遊び仲間の女の子が彼のあごひげに勝利を収めるのをじっと見ていた。幼い姪は、あごひげを一心に見つめ、そのあいだも両手はハムザの顔にじわじわと近づいていく。突然、巨大で貫くような爆風が一帯を襲った。女の子は身震いし、即座に両手を引っ込めた。下唇を突き出し、泣き声を上げげる。慌てふためいて飛び起きたハムザは、窓に駆け寄った。

落ち着きを取り戻すと、お気に入りの姪を撫で、泣くのをやめさせようとした。

いつの日か自分が父親になったとして、子どもたちから物語を語ってほしいと頼まれたとしても、まったく困ることはない。ハムザはそう自分に言い聞かせた。窓際に立ち、ここ数日のことを思い返していた。「もう一週間か！　時が経つのはほんとうに遅いな」とハムザはつぶやき、窓の下枠にのせた両手にあごを預けた。ひと気のない通りを見下ろし、かつては活気にあふれていたことを思い出すと、吐きそうになって頭を上げた。空は青く、頭上で軽やかな雲がいくつか動いている。その風景に魅せられ、落ち込んでいた気分が持ち直した。「少なくとも、そっちにはちょっとした生命があるな」とまたつぶやき、頭を垂れた。通りはまったくのもぬけの殻ではなかった。野良犬が二匹、舌を出して尻尾を振りながらてくてくと歩いている。うれしくなったハムザは、犬に声をかけようと口を開いた。何かを言って犬に声をかけたいと思い、一瞬、かん高い吠え声を上げたいという心からの願いが湧き起こった。だが、その願いは長くは続かなかった。また頭を上げた——頭上で何かが滞空飛行している音を無視することはできない。雲を突き破ってくる二機のヘリコプターに、ハムザの目は釘付けになった。下にいる犬たちは、通りの中央で立ち尽くしていた。ハムザは注意深く、頭上で滞空するヘリコプター、下で尻尾を振っている犬というメッセージをふたつとも見抜いた。変わることのない自分の立場に思いを巡らせ、その自分と、空と大地のあいだとの乖離《かいり》を理解すると苛立った。まわりの出来事を深く掘り下げることにかけては比類なき能力があり、ほかの人たちにとってはささいな、なにげない出来事にも心の底から鼓舞された。だが、昼食の支度ができたと母親がかけてくる声には、まったく気がつかなかった。早くこないとジハードや子どもたちにぜんぶ食べられてしまうよ、と母親は冗談を言った。

空は暗くなり、読書しづらくなっていく。太陽は平穏に沈み、ほかの人びとに新たな生命を授けに向かう。暗がりに沈みつつ、ハムザは目の前に生命なく横たわる暗い数行をどうにか読もうとした。その前に、ある思いが胸をよぎる――我々が生命を求めるかぎり、我々は生命を与えることができるのだし、生命はつねに近くに、我々が思うよりも近くにあるはずだ。自分には、暗闇に囲まれても生きる命がある。ハムザはそれが目の前に横たわっていることを見逃さなかった。「みんな、もう眠りについた。それに胸を張ったっていい」と彼は考え、凝らしていた目から力を抜いた。本に目を落とし、次々に浮かぶ思考をもてあそんだ。ときおり、反対側の一番奥にある扉から軋む音がしても、長引く物思いの邪魔にはならなかった。「まあ、僕には胸を張れることがたくさんあるな」と、彼はうぬぼれた声で言った。

すると突然、「ねえ、まだ起きてるんだね！」という、弟のジハードのそっとした声が聞こえた。

ハムザはしばらく黙っていた。「ああ、何ページか読んでから寝ようと思ってな」と小さな声で言いつつ、弟に微笑みかけた。

「うん、わかってる」とジハードも小さな声で返事をした。毛布を肩にかけて引きずりながら近づいてくると、ハムザの横に座った。ハムザは本をざっと眺め始めた。スラックスの裾を膝まで上げていて、脚を投げ出していた。それに目を留めたジハードは、毛布を引っ張って兄の脚にかけた。兄の脚が危ない目に遭いそうだと感じたからだが、何による危険かはわからなかった。脚に毛布をかければ兄の助けになるだろうし、少なくとも兄が集中できるようになる。平穏な時期であっても、ジハードは暗闇を怖がった。静けさが嫌いだったし、寒いのも好きになれなかった。自分ひとりでいるときには、暗闇と静けさと寒さを避けていたが、ハムザと一緒のときには、笑い声を上げて暗闇に立ち向かった。ジハードは横を向いてハムザを見つめ、兄の動かない目を熱心に見守った。

涼しい空気が、ふわりとふたりの顔に当たる。ジハードは恐ろしい沈黙を破りたくてしかたがなくなり、兄の見せかけだけの読書に打ち明け話で割り込んだ。はっきりとした、大きな声で言った。「学校には行かないよ。戦争が終わっても」そしてにんまりと笑った。

すぐにハムザは横を向き、視線を落として弟と目を合わせた。「行かないのか?」

驚いて目を見開き、ジハードは小さな声になった。「うん、一週間は参観授業にするんだって」と抜け目なく言ってみた。「それに、教わるのは知ってることばかりだから、家にいようと思う」そう話を続けて、暗闇のなかでにこやかな笑顔になった。

弟から自信を持ってはっきりと告げられたことに、ハムザは驚きはしなかった。「そうか。別に行かなくてもいい」と言った。「でも、その一週間は遊んでばかりとかにはしないよな? 俺からは、また物語をふたつ持ってきてやる。それでどうだ?」とハムザはうっとりとした口調で続け、言葉とともに笑みが広がっていった。

ジハードはしばらく兄と視線を交わし、ひんやりとした暗闇に負けない元気な声を出した。

「うん、兄さんが持ってきてくれるものなら何でも読むよ」そして安心すると、毛布の下にもぐり込み、ほどなくして眠りに落ちた。静かで寒い暗闇に包まれ、ハムザは弟を待っている輝かしい未来のことを考えた。それを実現するために惜しまず努力しよう、とそっと言った。

のんびりと夜を過ごし、膝元に広げた本を両手でぱらぱらとめくっていった。夜を過ごす伴といえば、寒い暗闇とひゅうひゅういう弟の面白い寝息だけという、そんなときでも自分がここまで粘れるとは知らなかった。その粘りに後押しされ、言葉を容赦なく貪り食って飢えを和らげた。完全に新しい生命を自分に吹き込んだ。

数時間後、ハムザはなんとか目を開けようとした。目を開けられなかったが、粘り、闘わねばならなかった。予想どおり、またも目を開けられなかった。眠っているあいだも、微笑みが消えることはない。だが今回は、他人から意志の強さを試されたときに向ける、気取った笑みだった。ハムザは目を開けた。ところが、見えるものといえば、目の前でのたうつぼんやりとした人影だけだ。荒々しく揺れる人影が、高く低く、低く高く、右から左に、左から右に動く。ほどなくしてその動きは収まり、視界が落ち着いた。見慣れない人びとがまわりにいることがわかった。目の焦点を合わせて、もっとよく見てみようとした。マスクをした外科医たちに囲まれている。右にも左にも、針やメスや何かの柄《え》、そして錠剤がいくつか散らばっている。外科処置室だということはわかったが、それでも、ここは何の部屋なのか、目の前にいる詮索するような目つきの人びとは誰なのかを訊ねてみたかった。訊ねようとしたが、口を開きかけたとたん、とてつもない痛みが胸と後頭部で大きく膨らんだ。それに屈するほかないとわかった。

彼は目を閉じた。そして、外科処置室で目を覚ます前に経験した瞬間が、彼の頭によみがえってきた。「ここだ、急げ、急げ！　ここにもひとりいたぞ！」その言葉が耳に鳴り響いた。そしてハムザは、騒々しい音のなか自分が瓦礫《がれき》の下から引っ張り出されるのを感じた。頭は力なくうなだれ、垂れ下がった両手に瓦礫がかすり傷をつけていく。救急車の不穏なサイレン音が鳴り、冷たい空気が苦々しく顔に吹きつけ、両側から体を運んでいく手が救急車のうち一台に急ぎつつ、そうとは知らずハムザの脇腹をつついてくる。一方、廃墟のすき間から、ハムザはジハードの小さな体が穏やかに横たわっているのを見た。もう動くことなく伸びた弟の焼け焦げた手の下には、彼のぼろぼろの本があった。

助かって

ラワーン・ヤーギー

電気が停まっている。勉強はできないし、ぼくたちは家にいるのにも飽きてしまった。近所の人や友達が何人か、外に出てサッカーをしている。母さんが昼ご飯の支度をしていて、できあがるまでもうちょっとだったから、ぼくは出してもらえなかった。バルコニーに立って眺めていた。友達同士でボールを蹴り合って、ゴールを決めたら有名選手のまねで鷲のように両腕を広げて走り回りながら、「ゴオオオオオオーーーーール！」と叫ぶ。

親友のアフメドがゴールを決めるたびに、ぼくはバルコニーから歓声を上げていた。昼ご飯はいつまでたってもできない！　ぼくは振り返った。母さんはテーブルにお皿を並べているところだった。ぼくを見て、穏やかに微笑んだ。ぼくが外に出たくてしかたがないこと、母さんに言われてしかたなく家にいることはわかっていた。

「ママ、お願いだよ！　早くしてよ、アフメドにゴールをぜんぶ決められちゃうよ」とぼくは文句を言った。

「もうちょっとだから。お腹が空いたままで試合なんてできないでしょ?」母さんは優しい声で言った。ぼくはふくれっ面をしてみせて、すごい試合に目を戻した。バルコニーの手すりにあごをのせて、両腕は引いて、母さんが足をのせるために買った青い小さなスツールに両足をのせていた。通りを見るならあと十センチ高ければ十分でしょ、と母さんは言っていた。それ以上高くすると、家族も近所の人たちも、ぼくだって見たくないような悲劇が起きてしまう。バルコニーをよじ登って、下の通りに落ちてあちこち骨折してしまった子どもたちの恐ろしい話を、母さんからは聞かされた。まだ小さかったぼくは、もちろんその言葉をひとつ残らず信じたし、バルコニーに出て小さなスツールに足をのせるときには、頭や腕を外側に出してしまわないように気をつけていた。試合の流れがいったん止まったとき、アフメドはさっとぼくを見上げて、まだ下りてこれないのかと身振りで訊ねてきた。ぼくは首を横に振って、「まだだよ!」と怒鳴った。みんなはぼくのことを笑って、またボールを蹴り始めた。

一秒後、巨大な閃光が目の前を走り、ぼくは台所の壁、そして床に吹き飛ばされた。れんがが地面に落ち、数秒後に割れたガラスが続く。両膝と両手は震えていて、ぼくはしばらく立ち上がれなかった。耳のなかの奇妙な雑音は、ひどく苛立たしいノンストップのホイッスルのような音だった。煙で息がしづらかった。母さんが半狂乱の叫び声を上げて駆け寄ってきた。ぼくの全身を調べて、怪我をしていないことを確かめた。そしてぼくを抱きしめた。でも、ぼくはどうでもよかった。友達がどうなったのか知りたかった。煙がどんどん入ってきたから、母さんはすぐに立ち上がって、ぼくを家の外に運び出した。ぼくは両手が震えたまま、ついさっきまで友達はみんな通りで遊んでいたのだということが頭から離れなかった。一分後、ぼくは母さんと一緒に通りの真ん中に立って、どうにか酸素を吸い込もうとしたけど、セメントの埃だらけの空気を大きく吸い込んでは、それをごほごほ吐き出していただけだった。

煙が薄らぐと、ようやく呼吸がしやすくなった。空気は花火のような匂いがした。そのとき、母さんは、自分たちがいるのはサッカーの試合をしていたところだと気がついた。どこに行けばいいのか、母さんにはわからなかった。ぼくの頭が母さんの肩の上にのり、首の近くになる体勢で抱いて、ぐるぐる輪を描くように歩き続けた。友達が地面に横たわっているのが、ぼくには見えた。友達みんなが。アフメドはいとこの体の上に投げ出されていた。頭がぱっくりと割れていた。ウンム・アフメドおばさんも、家の前からその様子に気づいて、金切り声を上げ始めた。母さんはまだ、引っかき傷のついた腕でぼくをぎゅっと抱きしめていた。おばさんは叫びながら通りに駆け出して、息子を抱きかかえ、遠くで泣くようなサイレン音を響かせている救急車のどれかに向かって急ごうとした。けれど、数メートルしか行けなかった。地面に崩れ落ちて、泣きながら息子を抱いたまま、気を失った。アフメドの父さんがそこに走っていった。アフメドを抱いて、走り出した。でも、父さんも進めなかった。倒れてしまった。そのころには、ぼくは半狂乱で泣いていて、母さんはぼくを抱いて頭を後ろに引っ張っていた。母さんはぼくを友達のところに近づけまいとしていたのだ。そこらじゅうに散らばった肉のかけらが見えないよう、ぼくの目を塞ごうとしていた。

次に近所の人たちがアフメドを抱えて急ぎ、ぐったりした体を救急車に運んだ。アフメドの母さんを近くの家に連れていった。みんなが瓦礫を集め、怪我人を避難させる一方で、アブー・アフメドおじさんは通りの真ん中に立ち尽くしていた。立ったまま、セメントについたアフメドの血と脳のかけらを凝視していた。ぼくの父さんをはじめ、みんなはおじさんをそこから引き離そうとしたけど、おじさんはそれを何度も振り払った。あとで、ぼくも怪我をしていることがわかって、慌てて病院に連れていかれた。

アフメドは助からなかった。ぼくが学校に行くたびに、ほかのみんなからの咎めるような視線が取りついてきた。みんなのほうを見られなかった。切断手術をした手足。傷だらけの顔。足を引きずる歩き方。ぼくの近所は一瞬で木っ端微塵《こっぱみじん》になった。サッカーの試合も、ゴールも、もうない。歓声もない。そして、一秒のうちに友達はみんな成長した。あの恐ろしい日のあと、ぼくに向ける目つきは変わった。外に出てきて遊ぶこともなくなった。遠くを見るような目つきは、アブー・アフメドおじさんがぼくを見たときのような、ぼくには何もわかっていないと言いたげな、ぼくの知らない何かをみんなは知っているような、ぼくが何か間違ったことをしたような、そんな目つきだった。

カナリア

ヌール・アル＝スースィ

太陽が頭上にかかっている。焼けつくように暑い日だった。

公園の中央にある木のベンチに座った彼は、空港で迷子になった外国人のようだった。初めて気がついたかのように、手のひらの皺を数えた。目を覚ましたばかりの人が、まわりがどんな場所なのかを理解しようとしているように見えた。不安げな目で公園を見回す。鳥の小さな群れが飛んでいるのを目で追ったが、何の種類かはわからなかったので、すぐに興味を失った。子どもがひとり、母親にいいところを見せようとして、有名サッカー選手の巧みなドリブルを真似しようとしているところを眺めた。彼は微笑んだ。自分にもそんな時代があった。デジャヴのようだった。かつてはよく、一緒に連れていってほしいと母親に頼み、重い荷物を運ぼうとすることもあった。母親と兄のガッサーンが家に持って帰ってくる国連の援助物資を、自分だって運べるのだと証明したかった。母親は振り返ると、にっこり笑った。その微笑みで、母親の顔に刻まれた惨めさは和らいだ。最後には必死になり、彼は母親のガウンの裾をつかんだ。

「一緒に行きたい」と彼は言い張り、すすり泣きを抑え込んだ。「ガッサーンみたいに」

「ママ、こいつはもう荷物を運べるくらい大きくなってるよ。昨日なんて、椅子が三つあるうちふたつを運んだんだから」と、ガッサーンも弟に加勢した。

「わかった。次は行ってもいいことにするかもしれない。でも今日は家にいなさい」と母親は答えた。

出かけていくふたりを見守る彼の目から、涙がふた粒こぼれた。それから、外で待つことにして、それでよかったのだと自分に言い聞かせた。誰かが留守番をしないといけない。母親が約束してくれたことで希望が持てたし、ガッサーンに味方してもらえてやる気が出てきた。ついに、兄は自分を信頼してくれたのだ。

母親は正午ごろに帰ってきた。白地に青の縞《しま》が入った小麦粉の袋をひとつ持っていた。その後ろからガッサーンが自慢げについてきて、苦労しつつ運んでいるビニール袋ふたつには、一家が何週間も食べていけるだけのものが入っている。彼は駆け寄って、ビニール袋を両方とも持たせてほしいとガッサーンに身振りで伝えた。だが、ガッサーンは軽いほうの袋しか持たせてくれなかった。袋を運ぶという最初のテストで、弟に失敗してほしくなかったのだ。彼はまず左手でその袋を持ち、やがて右手、そしてまた左手に持ち替えた。手がどちらも疲れてくると、袋をしっかりと抱きかかえた。放したくはなかった。兄をがっかりさせるわけにはいかない。

＊

彼女は立って、遠くから彼をじっと見つめていた。残念ながら、彼の表情や身振りは、見知らぬと同時に見慣れたものでもあった。具体的にどこに見慣れたところがあるのかはわからなかった。彼女はまばたきせずに彼をじっと見つめた。彼を中心とした円を描くようにして、公園を歩き回った。いろいろな角度からよく見てみれば、思い出す手がかりになるかと思った。うまくはいかなかった。彼の正面に立っていると、目の前で子どもが飛び跳ねて、誇らしげな母親の前でサッカーのうまいところを見せびらかしている。彼女は首を横に振った。彼女にもそんな時代があった。あまりに似ているので、デジャヴのようだった。小さな子どもだった彼女は、寒い家で母親を喜ばせようとして、家にいてほしいとせがんでいた。寂しかったし、寒くてしかたがなかったのだ。心の慰めといえば、自分の部屋に山のようにある人形やぬいぐるみだけだった。それが彼女の世界であり、希望だった。母親は家から出ていき、新しい恋人に連れられて夜明けごろに戻ってきた。

＊

太陽は頭上にかかっている。うだるように暑い。

彼はベンチにもたれて頭を預け、腕時計を見ると、目を閉じて強烈な暑さから自分を守った。唾を溜めて飲み込み、突然襲ってきた喉の渇きに抗った。そして、何かさわやかな気分になることを考えようと思ったそのとき、彼女の金色の髪が目に留まった。背が低く、軍服を着ているせいでさらに小柄に見える。美人だ、ということは否定できない。彼女が公園をぐるりと一周するのを彼は眺めた。「ポーランド出身かもしれない。もし彼女が観光客だとしたら、好きになれるかな？」とひとり考えた。そして興味を失った。車の往来やまわりの人びとの雑音が心に入り込んできて、似たような雑音の記憶を呼びさました。彼は兄と一緒に、新鮮な水を持って帰ろうとＵＮＲＷＡの給水車を目指して走っていた。難民キャンプには、もう何日も新鮮な水がなかった。ふたりは一時間ほど列に並び、ふたつの二十リットル缶いっぱいに水を入れると、肩に担ぎ、難民キャンプの端にある家に向けてよろよろと歩いていった。一羽の鳥の鳴き声に惹かれて、彼は缶を下ろし、鳥を追いかけようとした。母親がいないときは、いつもそうやって兄弟で遊んでいた。

「カナリアだ！」ガッサーンは声を張り上げた。「ぼくが先に見つけた」と彼は兄に言った。「ここで待ってたら、取ってきてやる」とガッサーンは言った。カナリアは近くのユダヤ人入植地の外れにある茂みのなかに飛んでいった。一発の銃弾で十分だった。兄とカナリアは、彼の目の前で、永遠に声を奪われた。

＊

まだ目を閉じている彼が、どうやら誰にも構うことなくベンチでくつろいでいる姿を、彼女はじっと見た。この雑音のなかで何を考えているのだろう。デートにきたのだろうか。ぎらつく日光に打たれて、彼のまわりをもう一周してみようと思った。改めて彼を見てみると、首にかけたチェーンから下がるダビデの星がきらりと光るのが目に入り、動けなくなった。彼女は目を逸らし、不意を打たれて一瞬目がくらんだのを打ち消そうと、ぎゅっと目をつぶった。暑さのせいで脳が蒸発してしまい、頭がおかしくなりそうだと思った。彼が私を待っていたのならいいのに、と思った。そして、切羽詰まった気分になったとき、心の何かの働きのせいで、その妄想を気に入った。あたりの燃えるような空気から逃れようと、近くにある木に急いだ。何かさわやかな気分になることを考えようとした。目を閉じ、彼が冷たい水の入ったバスタブでくつろいでいて、髪や鼻や耳から水が滴っているところを想像した。彼の顔に気を取られた。その顔には、彼女がずっと求めていたものがある。それが何なのかはわからなかった。彼に手を差し伸べ、彼の世界に自分の場所を作らねばならない、そんな気がした。最後に恋人がいたときのことを思い出した。もうずっと前のことだ。彼女が徴兵される少し前だった。まったく別々の場所で兵役につきながら交際を続けるのは、ふたりにとってかなり難しかった。もうちょっと努力してくれてもよかったのに、と彼女は思った。

＊

太陽が頭上にかかっている。空気が重くのしかかる。

彼の額からこめかみに、汗が忍び足で下りていった。彼は左手を上げてそれを拭った。目を開き、あたりを見回した。ありがたいことに、母親と息子はようやくいなくなり、さらに多くの兵士たちが、いつもの場所で昼休みを取るために集まってきている。ここまでは、すべて計画どおりだ。ベルトが暑苦しくてしかたがなく、両手がじっとりとした。汗が噴き出していたが、集中して、よく見なければならない。彼は両手を拭き、額の汗を拭い、右ポケットにあるタイマーを確かめると、いきなり冬になったとでもいうように、重いジャケットを体にさらに引き寄せた。もう一度時刻を確認する。もう少しで、午後一時十分。

彼女は目を開き、彼が立ち上がろうとしているのを見ると、衝動に任せて彼のところに行って話しかけてみることにした。これが最後のチャンスだ。いままで、しっかりと勇気を出せなかったことで、多くの人を失ってしまった。今回はそんなことにしたくない、と彼女は考えた。彼に向かって歩き始めた。

顔を上げて、もう一度だけあたりを確認した彼の目の前で、もっとも恐れていたことが現実になっていた。あの小柄な金髪の女性が、カーキ色の軍服と黒い軍靴という恰好で、銃をストラップで背中に留め、頭の後ろでポニーテールを弾ませながら、並んでいるテーブルを抜けてものすごい勢いで彼のほうに向かってくる。彼は立ち上がり、さらに汗をかき、驚きで体を動かせずにいた。片手をポケットに入れて、引き金をつかむのがやっとだった。

彼女は汗だくだった。彼が動いた。彼女は歩みを速めた。ついに、彼の目の前、あと二メートルくらいのところまできた。彼女は立ち止まり、左手の甲で額を拭った。汗がひと粒、彼の左の頬から首へと垂れていった。彼は身震いした。汗がひと粒、彼女の額を伝った。彼女はまばたきした。太陽は頭上にかかっている。焼けつくような暑さだ。首にかけたダビデの星、冬物のジャケット、アラブ人のような顔つき。彼女はくらくらした。そういうことか。どうしてわからなかったのだろう。彼女はM16ライフルを引き抜き、しっかりと握ると、銃口を彼の額に押し当てた。トランシーバーで警戒通信を送り、ほかのイスラエル兵たちに知らせると、仁王立ちになった。汗が全身から噴き出した。

ふたりは目を合わせた。恐怖と不満が流れ出す。そしてその場を満たす。彼女の指は引き金にかかっている。彼の指も引き金にかかっている。死が、ふたりを未知の場所に連れ去った。

土地の物語

サーラ・アリー

父さんに

涙ぐんだ父さんの目を見つめると、幸せといってもいい何かがそこに見えて、私は微笑んだ。私が昔から知っている、あの父さんが戻ってきてくれたのだ。この三年間の、誰なのかいまひとつわからないあの男性とは別人になっていた。心ここにあらずといった様子で、何も言わずにじっと壁を見つめていて、家で誰かに話しかけられても無関心に頷くことしかしなかった人とは違った。そこにいた。その場にいた。私がいい成績を取って自慢し続けていると、ちゃんとそれを聞いてくれた。一本の電話、そしてトルコが後援する組織がサインした一枚の紙が、私の父さんをよみがえらせた。私はもう一度父さんの目を見た。さっきのが見間違いだったらどうしようと思って、じっくり見てみた。父さんの目には心からの幸せが宿っているのだとわかって、私の顔にも大きな笑みが戻ってきた。

「土地の日」は、一九七六年、パレスチナの何千ドゥナムという広さの土地を接収するとイスラエルが宣言したとき、自分たちの土地のために立ち上がった人びとを記念する日だ。その宣言に抗議するデモ行進の最中、六人が殺された。三月三十日は、私たちの土地、父さんの土地の思い出をよみがえらせる。二週間前、私たちの家にかかってきた電話は、トルコが資金を拠出する再建プログラムに父さんの名前が選ばれた、と知らせてきた。二〇〇八年のイスラエルの侵攻の際に土地を破壊されたガザの農家の人たちが、木を新たに植えるのを援助するというプログラムだ。フェンスや木の挿し穂、苗、種、灌漑《かんがい》システムなど、あらゆる支援を農家に与えてくれる。農家に財政的な補償をする組織への応募を、父さんは断ってきた。土地と引き換えにお金を受け取るなんて、できるわけがない。そのプログラムは、農家にお金を出しはしない。自立を助けてくれる。

父さんは農家の生まれだったけれど、その道を歩みはしなかった。エジプトで経済学と政治学を学び、若いころはジャーナリストになり、もっぱらコラムニストとして、経済や政治の問題についてクウェートの新聞に書いていた。でも、ガザに戻ると、ずっと前にお祖父さんが遺したささやかな土地の世話をするしかなかった。難しいことではなかった。しだいに、土地は職業というよりも情熱になっていった。父さんにとって数少ない大事なもの、日々を忙しくさせてくれるものだった。地上にある天国だったのだ。

イスラエルによるガザ攻撃の二十三日間、イスラエルのブルドーザーによって土地が蹂躙《じゅうりん》されているという知らせが絶えず飛び込んできた。何千本という木が倒されてしまった、と聞かされた。叔父さんたちの木々がなくなった、私たちの木々もなくなった、と。東部にある農業地区シャルガがなくなってしまった、と聞かされた。でも、それはぜんぶうわさでしかない——父さんはそう信じたがった。私たちの土地はまだ無傷で、まったく手つかずで残されている、とみんなが望みをかけていた。ほかの人たちの木は根こそぎにされたかもしれないけれど、私たちの美しく比べるもののないオリーブの木々はぜったいい大丈夫だ、という思いにすがっていた。父さんにとっては、自分も同じくガザっ子なんだと胸を張れるたったひとつのよりどころなのだから、ぜったいに無事なはずだ。まわりの人からは繰り返し、「やめておけばいいのに黒い黄金の地を出てきた」と咎められ、クウェートでは毎日石油のプールで泳いでいたんだと思われていたし、「ここに住むためにきた」とまわりから言われるときの「ここに」には名前がないままだった。父さんの見方はぜんぜん違った。「ここ」とは、聖なる油《アル＝ザイト・アル＝ムカッダス》の地なのだ、とずっと信じていた。

　ガザの空が、ふたたび青くなった。すべてが終わった——ニュースでは、すべてが終わったと言っていた。父さんはそこに行った。土地の様子を見に行った。自分のオリーブ畑だけは大丈夫なのだと信じて、そこに行った。ブルドーザーの運転手の心にはあの小さな白い点があって、私たちの土地の美しさに抗うことができず、そこを蹂躙してはならないという内なる善の声に耳を傾けたはずだ、と信じていた。人というものの善良さを信じて、そこに行った。神を信じて、そこに行った。一緒についていった兄が、あとで教えてくれた。目に入るものといえば、ブルドーザーで倒された枯木だらけの荒れた土地だけで、数家族の焚き木をこの先数年分まかなえそうなほどだったと。人びとが泣いているのを見て、父さんも泣き出した、と兄は言った。ふたりで歩き続けた。さらに倒された木々が、弱々しく打ちひしがれている。ふたりは歩き続けた。かつては天国だったところへ。私たちの土地の光景は衝撃的ではなかった。要するに、私たちの木々も例外ではなかったのだ。私たちの木々はなくなっていた。苦悩と否認がないまぜになった境地が、そこを覆っていた。父さんの信じる心が粉々になってしまったのがわかった。世界が醜い場所に思えてしまった。

　私たちの木々のうち、一本はまだ残っていた。あとで、近所の人たちの話はそのことでもちきりになった。攻撃の一週間前に父さんは、あの木はもう傾いてしまっているからすぐに切り倒したほうがいいな、と兄さんに言っていた。切り倒すつもりだった木が、皮肉にも、イスラエル軍が残していった唯一の木になった（飽きたせいか、哀れに思ってのことなのか、私にはなんとも言えない）。とにかく、その木はまだあった。あとになって、いとこたちが父さんの気分を少しでも軽くしようとするときは、きまってその木のことが話題になった。「伯父さんがあの木を切るつもりだって、兵士たちはわかってて、そのままにしておいたんだよ。そんなのってある？」といとこたちは言った。みんな笑い出した。でも、父さんは笑わなかった。父さんにとって、自分の土地とオリーブの木立は笑い話にできるものではなかった。

　その日、父さんと兄さんが家に帰ってくると、何を目にしたのかを兄さんは話し始めた。木々が根こそぎにされ《アッシャジャル・トゥジャッラフ》ていた、と言った——アッシャジャル・トゥジャッラフと繰り返した。父さんは部屋にこもって、泣いていた。土地を訪れてからの数週間、朝には礼拝をしてクルアーンを読み、夜には泣くのが父さんの日課になった。

　イスラエルの侵攻中、そして侵攻終了直後は、土地や家屋のこと、収入がなくなったことについて話せば、自分勝手でまわりに配慮がないと思われてしまっただろう。人が亡くなっているのに、美しい家が更地にされてしまったなんて話はしないものだ。人が腕や脚を失って、一生その体で生きていかねばならないのに、かつては慎ましい地区の通りを飾る花瓶のようだった高級車がいまでは灰色の残骸になってしまったなんて話はしない。母親が別れを告げるまもなく子どもを葬っているときに、土地のことや、木が容赦なく根こそぎ倒されてしまったことは話さない。話すのは、その人たちのほうだ。その人たちは泣く。悼む。私たちは耳を傾ける。そして、自分たちのささいでちっぽけな惨めさの思い出に、無言で悲しみに暮れる。そして、それが父さんの苦しみをさらにひどいものにしたようだった。

　最近になって、根こそぎにされた木々について、その本数や樹齢などの正確な情報を教えてほしい、と私は父さんに言った。

「どうして知りたいんだ？　慈善団体のどれかが、木を植え直す手助けをするかわりに、ちょっとした金と小麦粉を一袋くれるのに応募でもするのか？　そうなのか？　そんなものはいらん！　再建プログラムで会った男が先週電話してきて、作業を始めるための労働者や農家をもう送ってきたんだ。なのにまだおまえは慈善に応募したいのか？」

「違うよ、父さん《ババ》！　ブログに何か書こうと思ってるだけ」

「ブログ？　何のことかわからないが、まあいい！」

「じゃあ、倒された木は何本？　オリーブの木が一八〇本くらいでしょ、それから……」

「オリーブが一八九本だ。レモンが一六〇本。グアバが十四本……」私が正確な数を把握していないことに腹を立てて、父さんは怒鳴った。

恥ずかしくなった私は頭を垂れて、どうしてわざわざこんなことをするのかと自問した。その思いは、父さんの言葉で断ち切られた。「今度から、なんであれ、やってみようと思ったら、まずは正確な数を知ることだ！」

私は言い返さなかった。

「聞いてるか？　オリーブは一八九本あった。一八〇本じゃない。一八一本でもない。一八八本なんかじゃない。オリーブの木は一八九本だ」

数分後、父さんは部屋を出ていった。私には罪悪感しかなかった。

「神に与えられた土地」の一部だと言いながら、その土地にある一八九本のオリーブの木を、ひとりのイスラエル兵がブルドーザーで倒してしまう。そのことを、私は決して理解できないだろう。神が怒るかもしれないとは考えなかったのだろうか。自分が倒しているのは一本の木なのだということに気がつかなかったのだろうか。パレスチナのブルドーザーなんてものが発明されたとして（まあ、そんなこと起きっこないけれど）、たとえば私がハイファにある果樹園にいるとなったら、私はイスラエル人が植えた木を一本たりとも倒さないだろう。そんなことをするパレスチナ人はいない。パレスチナ人にとって、木は神聖なのだし、それを育む土地も神聖なものだ。そして、ガザについて語るとき、ガザはパレスチナのほんの一部なのだということを私は思い出す。パレスチナはガザよりも大きいのだと思い出す。パレスチナは西岸地区だ。パレスチナはラーマッラーだ。パレスチナはナーブルスだ。パレスチナはジェニーンだ。パレスチナはトゥールカリムだ。パレスチナはベツレヘムだ。何よりも、パレスチナはヤーファーであり、ハイファであり、アッカーであり、イスラエルが私たちに忘れさせようとするすべての街なのだ。

今日、私は思い至った。父さんをよみがえらせたのは、かかってきた電話ではないし、援助組織のサインが入った書類でもなかった。土地の記憶が復活したことで、父さんもよみがえったのだ。焼けるような日差しから逃れて木陰でひと息つくときに得られる、守られているというあの感覚をオリーブの木が与えてくれた、その記憶なのだ。何よりもすぐれて純粋な、あの黄金色の油が、二十リットル缶に注がれ、貴重な贈り物として家族や友人たちに渡されていく、その記憶なのだ。長年にわたって土地を慈しみ、与え、居場所があるという記憶なのだ。

父さんと土地のあいだにあるのは、壊すことのできない絆だ。パレスチナ人と土地のあいだには、壊すことのできない絆がある。草木を根こそぎ倒して木を伐採することで、イスラエルはその絆を壊して、絶望という自分たちの習わしをパレスチナ人に押しつけようとする。木々を何度でも植え直すことで、パレスチナ人はイスラエルの支配を拒んでいる。「わが土地、わが習わし」と父さんは言う。

ガザで歯が痛い

サミーハ・エルワーン

また、あのひどい歯の痛みで目が覚めた。頭のてっぺんを突き抜けるような痛みがある。二日間、勉強も食事もろくにできず、おまけに眠れなかった。体のあちこちがそれぞれの痛みを訴えてきた。そうなると、もうどうしようもない。歯医者に行くしかない。なんとか避けようとしてきたけれど、もう手遅れだった。父さんが私のために歯医者の予約をしてくれることになった。不運にも、取れたのは三日後の予約だった。歯の痛みが頭痛になるくらい、いらいらするものはない。とにかく耐えられなかった。

私が呻いて、痛みに声を上げているのを聞いて、父さんはもうひとつの部屋から怒鳴ってきた。「あと三日、痛みが我慢できないのなら、一緒に行くところは……」

父さんの言ったことがよく聞こえなかったか、それとも冗談だろうと思ったのだろう。「行くってどこへ?」と私は訊ねた。

父さんは咳払いした。あの恐ろしい言葉が、鋭くはっきりと、口から飛び出してくる。

UNRWA健康センター《アル＝ワカーラ》。私の心は沈み、全身が震えて、言葉が喉につかえた。いきなり、センターの外観しか見えなくなった。毎日大学に通う途中、UNRWAの建物をふたつ通り過ぎる。健康センターと、本部だ。

診療所の壁は白っぽくて、青い縞が何本か入っている。救急車で運ばれる人たちの、かなりバランスの崩れたデッサンが描いてある。私がそこに目をやるときに、いつも心がざわざわするのは、UNRWAの旗を掲げた白と水色の建物のせいでも、入ることのできない有刺鉄線つきの壁のせいでもない。問題は、防護柵のついた窓に向かうべく列になった、いや列を守ろうとしている人たちの姿と、マイクロホンで名前か数字を呼び出している、姿の見えない人の声だった。夏の燃えるような太陽の下、あるいは冬の激しい雨のなか並んで待つしかない人たちのことが、いつもかわいそうだった。それまでは、何かのせいで自分がそのひとりになるなんて想像したこともなかった。そこに自分が立って、名前を呼ばれるのを待っていて、柵つきの窓になんとかしてたどり着きたい、呼び出してもらえるくらい幸運な人たちの仲間入りをしたい、と思うようになるなんて。

その痛みをやり過ごしたいとは思ったけれど、かつてない痛みには勝てなかった。私は降参した。嫌だとは思っていても、診療所に行かないといけない。考えてみれば、ほかの人たちと列になって待つのはそんなにひどいことだろうか。ほかの人たちといっても、ふつうのパレスチナ人、難民、患者たちなのだし。ただの健康センターなのだし、と私は自分を慰めようとしたが、うまくはいかなかった。

眠れない一夜が終わった。翌朝、父さんのところに行くと、何も言う必要はなかった。父さんは優しい目つきで、私のパニックを和らげようとしてくれた。おまえより一時間先に父さんが診療所に行く、そうすれば人で混み合う前に順番を確保できる、と言った。朝の七時に混み合う場所なんてあるんだろうか、と私は不思議だった。

八時ちょうどに、父さんに言われていたとおり診療所に向かった。センターへの道のりでも痛みに苦しんだ。ときどき父さんに思いやりのない態度をしてしまう、家族のためにがんばってくれていることに対して感謝が足りないな、と考えていた。UNRWAの支援物資をもらうために、父さんは月に一度列に並ばないといけない。私たちはUNRWAのカード、特別なカードに恵まれた幸運なパレスチナ人だった。母さんが難民だからだ。どうして、人によってはそのカードを特権のようなものだと思うのか、私にはまったく理解できなかったし、人によってはそのカードをいかにも誇らしげに掲げているのはどうしてなのか不思議だった。

難民カードは、以前もいまも、侮辱だった。難民たちがじっさいに失ったものに比べて、与えられるものがいかにちっぽけかを思い知らせてくる。小麦粉一袋は、かつて所有していた農地の補償になるだろうか？　砂糖一袋は、こうした人たちが愛しい家を失って難民キャンプに住まないといけないというみじめな苦しさの埋め合わせになるだろうか？　オイルの瓶二本は、人びとと同じように情け容赦なく根こそぎにされてしまったオリーブの木々を忘れさせてくれるだろうか？　あるいは難民カードは、持ち主があくまで一時的な難民であって、かつて持っていた土地は、そのカードが手元にあるかぎりみんなの帰還を待っている、という宣言なのかもしれない。鋭い痛みが一回走ったので、私は現在に引き戻された。

八時半ごろにセンターに着くと、表には二、三人しか並んでいなかった。私が根拠もなく歯医者を毛嫌いしているせいで、思い込みや恐怖が生まれるのだと思った。きっと人の数が大げさに見えていたのだろう。白と水色の建物は、よくよく見てみればけっこう素敵だった。大好きな色だったので少し安心したけれど、それはつかのまのことでしかなかった。診療所に入ったとたん、人がぺちゃくちゃしゃべっている音がもっとはっきり聞こえた。あたりを見回して、笑ってしまうくらい小さな診療所の様子を目に焼きつけた。じっさいには、部屋がいくつかあって、それぞれの扉の上にあるパネルに、健康センターが提供する各種の医療がイラストで描いてある。一般診療。検眼。歯科。診療所で一番大きいのは内科だった。

よかった、歯が痛いだけだし、と私は思った。

父さんが人混みを抜けて私のところにきた。「どうしてこんなに遅くなった？　番号札は取っておいたぞ。順番が過ぎそうになってた」と、立ったまま声をかけてきた。

「順番が過ぎるなんてありえない。ここまでつらい思いをしたのに、そんなのは困る」と私は思ったけれど、痛みがひどくて口がきけなかった。人が数字にされてしまって、人ではなくなってしまう、そんな時代だった。私はもう私ではなかった。七番だった。そして、そのとき聞きたいのは「七番」という言葉だけだった。それでも、まわりにいる具合の悪い人たちを見ると、頭のなかや手足にまで達していた歯の痛みはいくぶん和らいだ。とにかく、痛みが収まってほしかった。

父さんが取っておいてくれたベンチに腰を下ろした。私の状態を見た父さんは、番号が呼ばれるのを待っている多くの人たちと同じように立っていることにした。その部屋に置いてあるベンチは五つで、狭苦しそうに立っている何十人という女性や子どもたちや男性や高齢者の人たちにはとうてい足りなかった。私は横に座っている女性に目をやった。その人が両手でしっかり持っている札の数字が目に入った。衝撃だった。七番の私がまだ呼ばれていないのだから、三十六番が呼ばれるまで、この人はどれくらい待つことになるのだろう。でも、そんなに長くはない、とあとでわかった。

「六番！　六番の人」と、拡声器から疲れた声が響いた。

「六番は？　六番はどこ？」と、その場にいた全員が声を張り上げ、その声が反響した。部屋の扉が開き、かなり高齢の女性がのろのろと出てきた。右足、そして左足と、引きずってゆっくり歩き、親戚がふたり、おそらくは孫息子が両側から腕を持って支えている。女性は目を閉じていて、小さな口からは綿が突き出ている。明らかに相当な痛みがあるようで、それを見た私はどういうわけか、全身がずきずきした。部屋のなかを覗いてみたいなと思ったそのとき、十歳くらいの小さな女の子が人混みを押しのけて部屋に入り、扉を閉めてしまった。

その子は長い三つ編みの髪を垂らしていて、水色の縞が入った白い制服を着ていた。学校に通っていたころ、わたしはその制服が大嫌いだった（それとも水色に白の縞模様だろうか、と私はよく考えていた）。その子はひとりで部屋に入った。私は自分が恥ずかしくなった。小さいころの私みたいな子だったけれど、昔の私はお下げにするのが好きだった。でも何といっても、父親と一緒にくるような臆病な子ではない。学校の鞄を持って入っていった。ということはきっと、歯を抜いてもらったあとで学校に行くのだろう。二分後、扉がまた開いた。出てきた女の子は、前と同じ挑みかかるような目つきをしていた。「ばかな歯め、やっと口から退治してやった」と宣言しているみたいだった。女の子が部屋にいた時間を、私は考えた。二分。どんな麻酔をするにしても、二分は短すぎる……。

ふと、逃げ出そうかとも考えた。七番が呼ばれてもいないのに、父さんは人混みのなか私を引っ張っていった。また、その場にいる人たちが口々に「七番！　七番はどこ？」と言う。ぐずぐずする私の両手を、父さんはがっちりつかんでいた。三人いる医師は、とても親切そうだった。親切ではなくても、少なくとも私の名前を訊くことはした。私が椅子に座って体を倒して一分もしないうちに、これは抜歯手術の必要があります、と医師は断言した。手術はUNRWAの診療所ではできないと聞いて、やっぱりかと私は思った。痛みのことは忘れた。とにかく、その殺菌された部屋から出ていきたい一心だった。

部屋を出ると、私は息を殺すのをやめた。建物の出口に向かって急いだ。遅れて父さんが出てくると、私はあの小さな女の子と同じ微笑みを浮かべて、父さんの目を見つめた。「ほらね、言ったでしょ。助けてはもらえないって」医師たちから詳しい情報をもらって、処方された薬を受け取るために残っていた父さんは、青白かった私の顔がいつもの血色に戻るのを見て笑い声を上げた。私の目の前に、薬の入った小さな袋を掲げた。「少なくとも、痛み止めを少しもらってきたぞ」

「そう、痛み止めね！」私は物思いにふけるような笑顔になった。

僕は果たして出られるのか？

ヌール・アル＝スースィ

そしていま、僕はここにいる。携帯電話のバッテリー表示は残り半分。どうにかして誰かに電話をかけようと粘っても、電波がつながってくれないんだから、もう絶望するしかない。

手に持っているこの携帯は、優等の成績で高校に合格したときにもらったものだ。その日のあふれんばかりの喜びを、父さんなりに表現したのがこれだった。僕の将来の夢を、父さんから改めて言われたことを思い出す。「ああ、ようやくだな！　サイード、ずっとお前が医者になるのを夢見ていたが、それが実現するわけだな。ようやく、医者としてのお前の姿が見える！」

そのときの僕は、外国の大学で勉強することを期待されていた。でも、どうやら運命はそれとは違う形を望んだらしい。息子がこの国を出て、二度と戻ってこない——そう考えることすら、両親にとっては論外だった。僕には残ってほしいと思っていた。ほかにどうしようもなく、僕はここ、ガザにある医学部に入ることになった。正直に言えば、思っていたほどひどくはなかった。なんてことはない。僕たちの人生を複雑で耐えがたいものにしてきたのは、日常的な停電、食料品価格の危機的上昇、僕らを外国に出られないようにする国境封鎖の継続、物資輸送の危機、そして、どうにか生活しようとする必死の努力、という程度のものだった。せいぜいそれくらいだ。

このごろと比べると、あのころは幸せな日々に思えるなあ！　まあ、どうでもいい。あと一時間くらいのことでしかないんだから。

一年が経った。僕たちの土地が砲撃された。家の一部が損壊した。一部屋だけが完全に破壊された。そしてたまたま、その部屋には父さんがいた。

一年が経った。僕はいまでも、その部屋には近づかないようにしている。焦げた肉の臭いがいまでも鼻にこびりついている。

いま、ここに閉じ込められていても、まだその臭いがする。

涙を流したところで慰めにならないくらいつらかった。父さんを亡くしたことで、僕は泣かなかった。

いきなり、一家の稼ぎ手は僕だけになってしまった。仕事を、どんなものでもいいから探さないといけない。意外にも、すぐに見つかった。誰かがヘビのようにこうささやきかけてきたのだ。「俺と一緒に働けよ、サイード。トンネルを掘るくらいいい商売はないぞ！」

「でも……」

「ああだこうだと言ってる場合か。ほかの仕事の倍も稼げるんだぞ。しかも年中仕事がある」

と男は言った。「それに、先生って呼んでやるしさ」そう言って、にやりと笑った。新しく始めた仕事と勉強をうまく両立させられなくなり、僕は医学部をやめた。バッテリー低下っていう表示には、まったくいらいらさせられるな。

祝福を受けた両手を上げて、母さんは僕のために祈ってくれた。祈ってはくれたけど、息子がどんな仕事をしているのかは知らなかった。要するに、自分の子どもたちが腹を空かせたままベッドに入るのかと思うと耐えられなかったんだ。僕だって同じ思いだった。

ラファまでタクシーに乗った。国境近くの住宅街の下がトンネルを掘る現場だった。二十メートルを超える深さの墓に入っていることに、自分の体はどう耐えるのか。僕の頭にあったのはそれだけだった。仕事が終わると五十シェケルもらえて、袋をいくつか持って家に帰ると、母さんや弟たち、ひとりだけいる妹の顔に微笑みが浮かぶ。それで仕事は少し楽になった。

僕たちは掘り始めた。トンネルのなかはかなり息苦しくなった。三つのチームで作業をする。ひとつ目のチームが掘って、ふたつ目のチームが砂を外に出して、三つ目のチームは足場の柱を支える。僕は布で口を覆っていたけど、砂はそれを抜けて入ってきたし、水を少し飲むとよけいにひどくなった。咳が出て止まらなかった。口を覆っていない仲間たちは低い声で笑った。「じきに慣れるよ、先生」と誰かが言ってきた。

そうした連中のことは、頭から締め出した。海を思い浮かべた。小さいころは、海に行ってはずっと飛び込んでいた。それが楽しみだった。ひんやりした汗が一滴、背中を突き進んでいって、僕ははっと引き戻された。その小さな一滴ですら、砂で汚れていた。

海のすぐ近くまで掘り進めるなんて危ないよ、と言おうと思ったこともある。でも、言わなかった。医学生なんかよりもトンネル掘りたちのほうが、よくわかっているはずだ。仕事は汗だくになるだけで簡単に思えたけど、そのうち砂が空から落ちてくるようになった——暗いトンネルの、暗い空から。僕はトンネルの先にずっといて、柱を支えていた。

このトンネルに閉じ込められてからどれくらい経ったんだろう。仲間たちは僕をひとり置いて外に出ていった。母さんが祈ってくれたのも無意味だった。僕が外に出る前に、出入り口の上のトンネルが崩れてしまった。

きっとみんな、僕を助け出しに来てくれる。そのはずだ。

携帯が呻いて、光が点滅している。

悪寒が骨を貫いていく。発作的な痛みがある。そして、足下の土から出ている温もりは、僕を撫でて寝かしつけようとしているみたいだ。地平線のところに、遠くから近づいてくる光があるように見える。その光に手で触れられそうに思える。

聖歌だ。聖歌が聞こえてくる。母さんの祈り。妹の空っぽのお腹。焼けた肉の臭い。そして、海水の味。

ある壁

ラワーン・ヤーギー

　こんなところに歩道があるなんて、おかしなものだ。巨大な分離壁の大きなブロックに指先で触れながら歩いていった。わたしを怖がらせるために造られた壁だ。落書きを見つめはしない。落書きのことはよく知っている。空は壁に半分食われていて、太陽も役には立ってくれない。石につまずく。友達の誰かが、昨日投げた石なのだろう。わたしはつまずいたところでしゃがみ、その石を拾って、一分間じっと見つめたあと、壁の向こうに投げる。耳を澄ます。「いてっ」という声、悪態、足音、呼びかけ、ささやき声、それとも銃声が聞こえてこないだろうか。何もない。そのまま歩いていく。果てしなく思える。指先は落書きのあらゆる色がついて汚れている。立ち止まる。顔を壁のほうに向ける。両手をそこに当てた。押してみた。押し続けた――腕はまっすぐに伸ばし、歯は食いしばって、両足は地面に踏ん張って、スプレー塗料の匂いが鼻から肺にまっすぐ入ってきた。通りかかった男の人が立ち止まって、どうなるのかと見守った。わたしの両足が後ろに下がり始めた。体の内側から出てきた音が、金切り声になって炸裂する。わたしは泣きながら地面に崩れ落ちた。男の人は笑い声を上げて、そのまま歩いていった。

不眠症への願い

ヌール・エル・ボルノ

　嵐は夜通し吠え続けている。窓の小さなすき間や、扉の下を、風がひゅうひゅうと抜けていく。時計は午前二時を示している。叫び声が始まる。みんなが起きる。夫妻、子どもふたり。雷鳴のようなエズラの叫び声で目を覚ましたのだ。彼はびっしょり汗をかいていた。その汗と、半開きになった寝室の扉からこっそり入る風が力を合わせ、エズラの血管に冷たい身震いを、胸には鋭い痛みを走らせた。

　その夜、気分転換にベッドの左側で眠っていたエズラは立ち上がり、手探りで、半分粉々に砕けた鏡のところに行くと、自分の両手をこっそりと見つめ、化粧台のそばのカーペットに腰を下ろした。脚を組んで、何かを運んでいるかのように両手を膝の上に置き、まばたきもせずにその手を凝視している。妻のタリアは、夫が動かなくなるまでその一挙手一投足を目で追った。次にどうすべきかはわかっていた。安心させに夫のそばに行く前に、扉の外、薄暗い照明のついた廊下にふたりの子どもが立っていて、その影が亡霊のように伸びていることに気がついた。

「おちびさんたち、部屋に戻りなさい」とタリアは小声で言いつつ、ベッドから出た。サラとズィヴァは、真夜中に父親の金切り声で起こされることには慣れていた。ふたりは部屋に戻ったが、父親に何があったのかはよくわからなかった。今回の叫び声は、いつもよりも大きかった。いつもよりも大きく、痛みに満ちていた。ここ数週間は、子どもたちにとってつらい日々だった。父親は寝室から出てこない。父親の姿を見るか声を聞くのは、真夜中に叫ぶ声と、何かが割れる音、日中に呻いている声だけだった。母親がふたりをずっと遠ざけていた。夫を驚かせないよう、タリアはゆっくりと動いた。エズラは体を震わせていた。顔は青ざめ、心臓は激しく脈打っている。

「また悪夢を見たの?」と、タリアは夫に向かい合って腰を下ろしながら言った。

「今度のは、かなりひどかった」エズラは息を切らせながらつぶやいた。

「どんな夢?」問い詰める口調にはならないよう気をつけて、タリアはまた訊ねた。かかりつけの精神科医のところに何度も通って学んだテクニックだった。ダヴィド医師によると、うまくやれば、悪夢について夫が話すことができて心が晴れるかもしれないという。

妻に訊かれていることがあまりわかっていない様子で、エズラは習慣で話を続けた。「俺たちは戦車に乗って、またガザに送られた……撃ち殺せ、と言われてた。命令だった。それで……それで、俺たちは動くものは何でも撃った。貯水槽を撃ったし、野良犬も撃ったし、牛も、十人くらいの人も……そこに、あの女が……子どもと一緒にいて……太っているのか妊娠しているのかわからなかった。暗視用の双眼鏡で見ていたからわからないんだ。子どもがどうなったのかもわからない。わかったらいいのに。その子は夜通し泣いていた。後ろからはずっと司令官の命令が聞こえていたが、どこへ行ってもついてくるのは、あの小さな子どもの声なんだ……」

夫は夢と現実のあいだをふらふらさまよっている。それを察したタリアは、夫の両手をぎゅっと握りしめ、現実に引き戻そうとした。

「あなたは国に対する義務を果たしていたんでしょう。命令に従うのが仕事だった。大丈夫よ」とタリアは言い聞かせ、夫の気持ちを落ち着かせようとした。彼の耳には届いていなかった。妻の姿も目に入っていなかった。手を触れていても、夫はそれを感じていなかった。

「銃を撃ったときの臭い、モーモーと鳴く牛の声、犬が吠える声、俺の手についた血、女がしくしく泣く声、それからあの子どもの叫び声。子どもの泣き声、子どもの泣き声」とエズラは繰り返した。そして続けた。「仲間のなかには、写真を撮るやつとか、壁に何か書いてるやつもいた。ベンとレヴィは踊り回って、家に突入するたびにお土産を盗っていた。夢に出てきた人のほとんどは現実だった。俺がもう殺したはずの人たちだ」そして、つかのまの沈黙があった。彼は喉を詰まらせていた。胸が燃えていて、心臓はいまにもそこを破って飛び出してきそうだった。

落ち着いた、穏やかな動きで、タリアは夫の金髪を撫で、青い目の奥にあるものを見つめようとした。痛みが見えた。恐怖が見えた。明らかに、話をしても助けにはなっていない。ダヴィド先生の助言は無視してしまおうか、と彼女は考えた。

「あの家に入っていった」と夫は話を続けた。「暗かった。真っ暗だった。その家にはテロリストたちがいる、という話だった。その家にはテロリストたちがいる、とあいつは言った。その家にはテロリストたちがいる、と将軍は言ったんだ。はっきりと、大きな声でそう言っていた」

「ねえ、ぜったい大したことじゃない。だから、そこまで……」

「俺は入っていった。何も見えなかった。懐中電灯の光しかない。電気は停まっていた。真っ暗だった。俺たちは全員を撃った。電気が戻った。すると……明かりがつくと……明かりがつくと、将軍は死んでいた。ベンとレヴィも。みんな死んでいた。ひとり残らず。仲間は死んでいた。小さな女の子が……血を流していた。ズィヴァの子ウサギの人形。血。かわいいズィヴァが……あの子が……死んでいた。抱き寄せたんだ。でも、死んでいた。俺が撃ち殺してしまった……」

「パパ、わたし悪いこと何もしてないよ。どうして殺しちゃったの？」と幼いズィヴァは言い、子ウサギの人形を床に落とした。

包み

ムハンマド・スリーマーン

夜が明ける。小太りで赤髪の、四十代前半の女性サルマーは、ナージーの好きな食べ物とタバコを包みに入れていた。すべてを詰め終えると、サルマーは外出用の服を着て、身支度を整えた。心のなかでは感情が入り乱れる。そのときのように盛り上がった気分でいるべきなのか、ときおり感じるように落ち込んでいるべきなのか。ほんの数時間後には、国境をこっそり越えようとして捕まった息子と三年ぶりに面会することになる。この三年間、サルマーはよく息子が家を出るときにキスしてくれた場所に座り、涙を流し、息子が送ってきた手紙の匂いをかいでいた。すすり泣きつつ、ナージーを行かせた自分を責めていた——まるで、息子がしようとしていたことを止める手立てがあったとでもいうように。日を追うごとに、サルマーは息子を失った痛みで顔が青ざめていった。息子のことを思って苦々しく泣くあまり、もう涙も涸れてしまったように見えた。午前五時になり、サルマーは包みをふたつ持って家を出た。まだ裁判にかけられてもいない息子のナージーは、イスラエル領内のナフハ刑務所に入っていた。

それぞれの手で包みをしっかりとつかんで車から降り立ったサルマーの頭のなかを、不安な思いが渦巻いていた。倒れてしまいそうだったが、イスラエルに入るためには、検問所をもうひとつ通らねばならない。きっちりと整理してある包みを検査され、そしてぐちゃぐちゃにされたあと、急いで詰め直してから自分も金属探知装置を通らねばならない。装置を通ると、低い音が鳴った。血が凍りついた。帽子をかぶった金髪でそばかす顔の男性係官が、金属製ののや硬貨を持っていないかどうか確認するようにと言ってきた。サルマーは自分の体をくまなく調べたが、どこにも金属がある気配はない。すると係官は、もう一度金属探知装置を通るように言った。もとの場所に戻るとき、自分の心臓が派手な音で脈打つのがわかり、にやついている係官にもそれが聞こえているはずだと思った。装置に向かって踏み出し、脚がふらつかないようにしながら通り抜けた。すると、ジージージー、とまた鳴った。ただちに、ほっそりした体つきの女性係官がふたり、ぶらぶらと歩いてきて、そのときサルマーはひらめいた。こんなことになっているのは、腕時計のバックルのせいだ。そしてようやく何の音も鳴らさずに通過できたときに彼女は心のなかで「せいせいした」と言い、ばかになったような、同時にうれしい気持ちになった。自分をばからしく不器用に見せてしまう占領を呪いつつ、息子のナージーの姿がどんどん近くなってくるように思った。

＊

アブー・ナージーが前立腺癌で世を去ってから、三年半が経っていた。妻のサルマーは、息子のナージーとふたりで、落ち込んだまま日常生活を送らねばならなかった。ナージーは早すぎる年齢で一家の長、そしてたったひとりの稼ぎ手になったのだ。

ナージーは長身で痩せぎみの、二十代前半の若者だった。若いうちから、母親と自分の日々の糧を得るのに奮闘していた。毎日、朝早くに起きて、母親が包んでおいたサンドイッチを持って出かけると、ほんのわずかな現金を持って夜遅くに帰ってくる。密輸トンネルでナージーがもらった新しい仕事は、一家が食べていけるくらいにはなった。あと一日、二日はそれで生きていけるが、死がもたらされることもありえる。

ナージーが家で一緒に慎ましい夜食を取っているのをよそに、サルマーはまごついた。心ここにあらずという息子の様子に気がついたのだ。むっつりしたその顔を見つめながら、サルマーは息子の紅茶を注ぎ直した。ナージーの目は意地悪そうに、手に持った焼き菓子を見て、下顎は体全体と同じく気だるげに動いていた。

「今日の仕事はどうだった?」沈黙を破ってサルマーは訊ねたが、答えはわかりきっていた。「疲れたでしょう」と続けた。ところが、ナージーは母親に訊ねられてもぼんやりしていた。熱い紅茶の表面に浮かんでいるセージのかけらを、まばたきもせずに凝視している。しばらくして、母親が潤んだ目の端で不安げに彼に視線を送っていることにナージーは気がついた。

「どうかした?」と母親はまた訊ねた。

「別に」とナージーは嘘をついた。

「嘘をつかないで」サルマーはぴしゃりと言った。「帰ってきてから様子が変だよ。何があったの？　言ってくれていいから」と、手短に続けた。するとようやく、働いているトンネル近くにある朽ちかけた部屋で、ボスのアブー・シャームと話したことを、ナージーは話した。

「危ないってことはわかってる」とナージーは言った。

母親は黙ったままだった。

「二日間の仕事で、四〇〇〇シェケル稼げる。その金があれば、ちょっとした商売を始められる。自由になれるんだ」そして、言いくるめるように付け加えた。「こっそり入って、包みを運んで、そして戻ってくるだけだ」

「それが何の包みなのかはわかってるわけ？」と、しばらくして母親は訊ねた。

「正直に言うと、知らない」とナージーは答えた。

翌日の朝、ナージーは早くに起きた。サルマーが朝食の支度をしていると、ナージーはもう着替えて入ってきた。彼女は声を抑えて歌い始めた。その歌声に、ときおり胸を引き裂くようなすすり泣きが交じる。ふたりで食事を前にすると、ナージーは咳払いをして、顔を上げて母親と目を合わせた。「僕に怒らないでほしい。僕たちのためにやるんだから」と、ナージーは苦しげな声で言った。サルマーは食事に手をつけていなかった。怒ってはいるものの同情するような目を息子に向けた。それからうつむいて、何も言わなくなった。ナージーは立ち上がると、座っている母親に歩み寄った。「二日したら戻るよ。約束する」ナージーに両手を握られ、母親はまた顔を上げた。それが別れの瞬間になる。そう感じた。避けようのない瞬間だった。ナージーは身をかがめて、サルマーの両手の甲にキスをした。涙をこらえられず、サルマーは息子の手を握り返す力を強め、そして放した。手を、息子を放した。

＊

サルマーはようやく刑務所にたどり着いた。大きな玄関ホールに入った――そんなものは見たことがなかった。じきに、また検査されるのだと悟った。建物のなかはがやがやしていた。あちこちから大きな声が聞こえてくる。何十もの口論が同時に起きているようだった。年配の女性たちが一列に並んで、書類を提出する順番を待っているところに加わると、心のなかで見えていた息子の姿が薄れていく。

かなり長く思える時間が経ち、金髪の女性職員と向かい合っていた。ほっそりした小柄な女性で、椅子に沈みかけているように見えた。サルマーがじっと立っていると、金髪の職員は大きくぴかぴかしたデスクの前に座り、素早く入力しながらてきぱきとしゃべった。顔を上げてサルマーを見ると、片手を差し出し、親指のそばでそれ以外の四本の指を前後にひらひら動かし、書類を出すようにという仕草をした。サルマーは書類を渡すと、優しくキーボードに入力する職員の指をじっと見つめた。書類を返してもらうと、サルマーはそそくさと動き出し、落ち着きなく押し合う女性たちのところから離れた。

どこに行けばいいのか、まったく見当がつかない。包みを両手に持ち、書類を小脇に挟んで、あたりをうろうろした。ゲートのひとつにいる係官に、どこに行けばいいのでしょうかと訊ねてみようかとも思ったが、ホールを出たところに女性がいて、巨大な袋を三つ持ってよたよたと歩いていくのが目に入った。サルマーは急いで、その女性に追いついた。

「こんにちは」とサルマーは言い、大股の歩調にどうにかついていった。

「こんにちは」と、しわがれた老齢の女性の声がした。

どこに行けばいいんでしょう、と切り出そうとしたそのとき、緊張気味の女性の声がふたたび聞こえてきた。「じゃあ、息子さんに会いにきたんだね?」

「そうです」サルマーは女性について歩こうと奮闘した。「あなたは?」

「孫息子だよ。ふたり」と、女性はすぐに答えた。

「もう面会できるんですよね?」とサルマーは訊ねた。

その年配の女性は歩みを止め、三つの袋の重みをいったん休めてから、また歩き出した。サルマーは息を切らしながら答えを待った。すると、「まだだよ、最後の検査を通らないと」と女性は言った。検査という言葉を聞いて、サルマーは落ち込んだ。待つことに我慢ができず、切望の波がさらに全身を駆け抜けていくのを感じながら、大股で女性の後ろを歩いていった。

「恥ずかしいのはわかるけどね、恥ずかしいだけだから。恥ずかしい気持ちになると考えてたら、息子たちには会えないよ」と、また女性の落ち着かない声がした。

一瞬、その年配の女性が話しかけているのは私じゃない、とサルマーは思った。そして、いや私に話しかけているはずだと思い直し、「恥ずかしい」とは何のことだろうと考えてから、返事をした。「あの、すみませんが、どういうことかわからなくて」

「検査だよ。検査のことだよ」

これまで通ってきた検査でも、そのたびに恥ずかしく思うべきだったのだろうか。「それがどうかしたんですか?」と訊ね、心底恥ずかしくなった。

「おや、知らないのかい?」女性は啞然としているようだった。

「知らないって、何をですか?」と応じるサルマーも茫然とした声だった。心臓の鼓動が速くなる。女性は憐れむような目つきになった。そしてサルマーに話した。息子に会う前の最後の検査では、爆発物を隠していないかどうか、体腔検査を受けねばならないのだ。

三年後、四十五歳になったサルマーは、さらに青ざめ、弱々しい声になっていた。ショールに包まれてベッドに横になり、六年前に最後に会ったきりの息子の、ぼんやりとした姿を思い浮かべようとした。汗が数滴の涙と混じり、両頰を伝っていく。息子と過ごした最後のひとときを頭のなかで思い返していると、戻ってくるよという息子の約束が胸によみがえった。またひと粒、涙が頰を流れる。哀れな母親の心は、また打ちのめされた。ある音が、心のなかで大きくこだまして聞こえたのだ。三年間、耳を貫いてきた音だった。息子の死の知らせを運んできた音だった。最後の涙が、サルマーの唇のところで止まっていた。彼女の唇は丸まった。涙が落ちた。

ひと粒の雨のこと

リフアト・アルアライール

雨粒は空で氷の結晶として生じるのかどうかについて、科学界ではまだ意見の一致を見ていない。でも、私にとってはどうでもいいことだ。私は科学者ではない。

アブー・サーミーは西岸地区出身のパレスチナ人農家である。その日、強い風のなか、彼は自分の畑でせっせと草抜きをしていた――自分の畑というべきか、畑の残りというべきか。妻からは畑に出ないでほしいと何度も言われたが、耳を貸さなかったことを彼は後悔した。妻が自分の「特別な才能」あるいは「雨についての勘」と呼ぶものは怪しい、とずっと彼は思っていた。妻に耳を貸すことはなかったし、貸したとしても、あれこれの手段を駆使して解釈し、巧妙かつ正確に雨を予測してみせる妻の言葉は、さして頭に入っていなかった。雨はいつ降り、いつ降らないのか。どれくらい雨は続くのか、どれくらい強くなるのか。同じ話を何百回となく妻から聞かされていたはずだが、アブー・サーミーは妻の説明はごく簡単にしか再現できなかった。妻のウンム・サーミーは大地に手を当てる。ほんの小さな砂をひと粒手に持ち、ささやきかけて、耳を澄ます。うまく話ができないときがあれば、砂粒の匂いをかぐ。でも、それは比喩的に言っているだけだ。少なくとも、アブー・サーミーはそう思っている。

分離壁の南側にいるアブー・サーミーは、何千人というパレスチナ人農家と同じく、小屋やテントを建てることを許されていない。そうした建築物やテントを使って、イスラエル側に通じるトンネルを掘ることがないように、という措置だ。少なくとも、アブー・サーミーは仲間の農家たちよりも運がいい。土地の三分の二を失っただけですんだのだから。数え切れないほどの友人や親戚たちの土地は、西岸地区を貫くイスラエルの壁によってのみ込まれてしまった。ちょうどそのときのアブー・サーミーにとって、壁は役に立つものだった。占領下での生活は、トンネルがどれほど暗くても希望を見出すことを教えていた――トンネルといっても、イスラエル側にこっそり入るためのトンネルを彼が掘っているわけではないが。彼は壁に駆け寄った。延々と続くコンクリートの広がりに体をぴたりと寄せ、激しい雨と強風から、完全にとはいかないまでも身を守った。

分離壁の反対側には、イスラエル人農家の男が立っていた。その男の妻も、雨が降ると予言していた（そして、保安用フェンスをパレスチナ人が越えてくるとも警告していた）。男は二週間前に自分が建てたコンクリートの小屋に走っていきたかったが、壁のほうが近くにあったので、壁に走った。もし、しっかりと耳を澄ませば、アブー・サーミーもイスラエル人農家の男も、相手の心臓の鼓動が壁に当たっている音が聞こえただろう。あるいは、心臓の音は耳に届いていたが、遠くで轟く雷鳴だと勘違いしたのかもしれない。

それはひと粒の、ほんの小さな雨粒だった。それはアブー・サーミーの禿げた頭に落ちてもおかしくなかったが、一陣の突風によって、壁の反対側に押しやられた。イスラエル人農家のヘルメットに当たった。農家の男はそれをまったく感じなかった。

ところが、ほかの雨粒は一気に押し寄せ、守るもののないアブー・サーミーの頭を狙っているようだった。

雨の粒はもともと氷の結晶である、というのは、アブー・サーミーにはいかにもありうることのように思える。だが、誰がアブー・サーミーの意見に耳を貸すだろう。彼はパレスチナ人なのだ。

撃つときはちゃんと殺して

ジーハーン・アルファッラ

「レポートをプリントアウトしておかなかったなんて、イスラエルのせいなのか自分のせいなのかわからない」と、ライラーは苦悩してぶつぶつ言った。「おじさんのせいにしようかな、発電機用の燃料を持ってくるのを忘れてたんだから！」彼女は歩調を速めて、部屋を行ったり来たりしつつ、不安にじわじわ襲われていた。「電力の供給スケジュールを信じて、こうなることを予測しておかなかったわたしがばかだった。二日連続で電気が通じてるのは、珍しく向こうが優しいからじゃないってわかってたはずなのに。イスラエルに高いつけを払わされるってわかってたはずなのに！」あきらめて、悪い予感で頭がいっぱいになり、彼女はもう落第するしかないと覚悟した。「何やってんのよ、中間レポートの提出日の夜になったところでプリントアウトしようとして、復旧予定の午後三時を過ぎても電気は停まったままかもしれないって考えておかなかったなんて！」

ライラーは暗い部屋に座っていた。五歳の妹サルマーは、そばにあるマットレスで横になっていて、十二歳になったばかりのサーラはぐっすり眠っている。隣の発電機の音がどんどん大きくなり、癪に障ってきて、自分の考えがろくに言葉にならなくなったので、ライラーはノートパソコンでページをざっと通し読みしようとしたが、視線はもっぱら、0％になりかけているバッテリー表示に向けられていた。そして……ついに……表示に赤い「×」が出て、運命を定めた。

ライラーは悩みつつ寝室の窓際に行き、窓枠に寄りかかり、前腕を重ねて地平線を見つめた。とても奇妙に、美しく、空は地面と混じり合ってひとつの黒い表面になり、白い点が並んで模様を作っている。そのポルカドットのような眺めが、彼女は大好きだった。国境の向こう側にある建物の数々は、いつも窓に明かりがついていて、星空がそのまま続いているように見える。いつも、それが驚きだった。

唇からため息が漏れる。彼女は窓に背を向けると、部屋を横切り、たんすの引き出しからろうそくを出し、ポケットからライターを取り出した。ふんわりとした火がつき、ライターからろうそくの芯に受け渡される。ろうそくがこうして美しく燃えていると心が安らぎ、満たされる不思議な感覚は、いつでも新鮮だった。何時間でも座って、炎が輝いて燃え尽きていくのを眺めていられたし、ときおり指先にろうをつけて遊ぶこともあった。

ろうそくの後ろにある鏡に、何かが映る——切り傷のある額、ふたつの洞窟めいた薄茶色の目、鼻、そしてほんの少し開いた唇。彼女は微笑んで目をきらりと光らせ、映る顔がまったく同じように微笑むのを見つめた。映る姿に向けて指で身振りをして、あざけり、「ライラー、明日のテストはひどいことになるよ」と言ったが、映る顔は答えなかった。微笑みはじきに陰り、乾いた唇からまたため息が漏れて、そこに頬を伝う熱い涙が湿り気をもたらした。片手がさっと上がってそれを拭う様子は、泣くことが罪であるかのようだった。泣くわけにはいかない。そんなのは嫌だ。でも、泣かずにはいられない。あの戦争から二年が経った。そして彼女は……彼女は、ずっと強く生きてきた。

父親の思い出が、終わることなくぐるぐると頭のなかによみがえってきて、医学の学位はもうあきらめるべきだろうか、と彼女は自問した。医師たちが父親にせねばならなかったことを、自分もすることになるのかもしれない。その思いが心に取りついてくる。「罵られる。わたしのせいだと言われる。何もしてやれないのに、でもみんなの命に責任を負わされる！」と心のなかで考え、冷たい指で両方の目をこすった。「医学部をやめようかな。それをやれるくらい、続けられるくらい強くなれるのかな？　もう二年になる。ひどい二年間だった」

＊

それは、奇妙に静かな夜だった。夜明けの光が見えるころ、ライラーは妹ふたりと体を寄せ合って、シーツ二枚に体をくるんで薄暗い居間の床でようやく眠った。その部屋を満たすものといえば、静寂の音だけだった。彼女たちは、流れを見失ってしまった時を必死でやり過ごそうとしていた。不確かな現実と、それまでの二週間のおぞましさから逃れようと。この二週間は、ぞっとするような昼と、心の底から恐ろしい夜の繰り返しだった——十五日間、夜になるそのひとりが彼女に目を留め、銃を向けてきたが、ライラーはまばたきひとつせず、目を逸らしが、心のなかで煮えたぎる怒りを抑えられなかった。ずっと睨みつけていると、そのうち兵士しかない。ライラーは、兵士たちの目を見るのはとてつもなく愚かなことだとわかってはいたっとしているほうが安全かもしれない。そこに立ったまま、兵士たちに何もされないよう祈る親にはわからなかった。動きの読めない化け物たちが家にいるとなると危険だ、と考えた。じ怖で喉から声が出ず、目から涙も出なかった。娘たちと妻に近寄るべきなのか、ライラーの父しっかりと抱き、もう片手は自分の口に当てて声を出すまいとした。心臓が一瞬止まった。恐　ライラーの母親はショックで体をびくっと動かし、泣き続けている三歳のサルマーを片手でフルを持って突入してきた。止めようがない。そのとき、四人のイスラエル軍兵士が軍用ブーツで扉を蹴り倒し、M16ライせて安心させようとするが、夫と同じように、兵士たちが気まぐれに嫌がらせをしてくるのはその目が見つめる妻は、子どもたちのそばで恐れつつ体を預け、一番下の娘におとぎ話を聞かに寄りかかり、両手をポケットに入れて、子どもたちの胸がゆっくり上下するのを眺めていた。で無感覚になり、愛する妻と子どもたちの安全を確保できないことで動けなくなり、居間の壁ず、食べ物もほとんどなかった。彼女の父親は、家にいくつもの穴を開けた銃弾の脅しのせいいう、とてつもない恐怖と恐れ。十五日間、夜にはほとんど電力がなく、電話はほとんど通じのようなメルカバ戦車のどれかが表にいて、近所の家ではなく彼女たちの家を砲撃してくるとと弾薬を積んだアパッチヘリコプターが家の上をいつまでも飛行しているか、血に飢えた怪物もしなかった。すると、その兵士は銃を父親に向け、頭の鈍いワニのようなせせら笑いを浮かべた。そのまま銃を向けていた数秒間は、一家の歴史のなかでもっとも長く、拷問のような数秒間だった。兵士は父親を撃たなかった。そのときは、まだ。ほんの二十センチのところまで近づいた。アブー・ライラーの髪の毛を後ろからつかみ、切っていない爪を頭皮に食い込ませて、ひざまずかせた。

　そのあいだ、ほかの兵士たちは部屋をうろつき回り、ヘブライ語でおしゃべりをして、ひとりは壁から写真を外して部屋を荒らし、べつの兵士は妹たちの学校の教科書やノートをいじっていた。彼らがみんなを恐怖に陥れるのを、何も止めることはできない。ライラーと母親のすすり泣く声でさえ止められないのだから、妹たちが泣き叫ぶ声などではとうていむりだ。父親は自分の身ではなく家族の身を案じて、目を上げることができなかった。兵士はヘブライ語で父親に話しかけた。父親は少しばかり理解できたが、話すことはできない。答えなかった。兵士はひざまずく父親の膝を蹴り始め、銃の台尻で何度も腹を殴った。とてつもない痛みだった。父親は家族のため、声を上げることなく殴打に耐えた。胸への最後の一撃があまりに強烈で、アブー・ライラーはすぐに倒れ込み、体をよじって苦痛の悲鳴を上げた。家族が恐怖に苦しむなか、銃を頭に向けられつつ見守った。何か行動すれば、すでにひどい状況をさらに悪化させてしまうのかどうか、ライラーには判断がつかなかった。兵士たちの笑い声が部屋にこだました。彼らは扉に向かって歩いていったが、出ていく前に、ひとりが仕事の仕上げをしたがった。「アラブ人のテロリスト《アラブ・メカベル》め！」と大声を上げると部屋の床につばを吐き、苦しんでいる父親に銃を向けると……バン！　一発の銃声が響いた。

ウンム・ライラーはずっと抑えてきた悲鳴を上げ、ライラーと小さなサーラと一緒に、アブー・ライラーのもとに這っていった。父親はすでに気を失っていた。泣き声と、胸を引き裂くような出来事のせいで、母親は横になっている三歳のサルマーのことを忘れてしまい、その一瞬、破壊的な爆発音に体の芯まで揺さぶられた。割れた窓から吹き込む黒い煙が、部屋にもうもうと立ち込めた。幼いサルマーは被弾してしまった。

ライラー、ウンム・ライラー、そしてまだ小さいサーラは、救急医療隊員の役をせざるをえなかった。ライラーは飛び起きるとサルマーを両手で抱き上げ、母親の膝元に置いた。サルマーの片脚は垂れていて、靭帯と筋肉と腱の残骸だけでつながってぶらぶら揺れていた。悪夢に出てくる泉から湧くような血が噴き出していた。娘を抱きしめるべきか、夫を抱きしめるべきか、ウンム・ライラーにはわからなかった。

じきに、何台もの救急車の音が遠くで聞こえ、ライラーはためらうことなく扉に走っていった。母親はライラーに向かって声を張り上げ、さらに大きな声で泣き、息を殺しておくことも苦しみを隠しておくこともできなかった。「出ないで！　ライラー！……ライラー……可愛い子《ハビブティ》、私にそんな思いをさせないで。もうたくさんだよ……。戻ってきて。お願い……」

ウンム・ライラーは泣きじゃくり、サーラの泣き声もそこに加わった。

助けを呼んでこようと決心していたライラーは、さっきまで扉だったところに立っていた。片手で涙を拭い、もう片手を心臓のあたりに強く当て、膝から力が抜けてしまわないようにした。外はどんな様子なのか、ちらりと見てみようとした。寒く、暗く、雨が降っている。遠くに見える三両の戦車は、もっとも恐ろしい幽霊のようだった。救急車のサイレンが聞こえたが、どこにも見当たらなかった。じきに、それに付き添うドローンが何台もやってきて、夜の音をさらに薄気味悪いものにした。ライラーは膝をつくほかなかった。アパッチヘリコプターが一機、上空を飛んでいき、ライラーはどうにか立ち上がった。父親を救わねばならない。妹を救わねばならない。さらに三発の爆弾があたりを揺らし、一発は家族が生活の頼りにしている小さな土地に落ち、地面を揺さぶった。ライラーは猛然と家のなかに戻り、そこで横になったまま動かずにいると、鼻や耳のなかから血が出て、顔の上も血が通っていって涙と混じり合った。彼女の華奢な体を、無感覚が覆った。何も感じず、何も聞こえなかった。

＊

かすむ目を開けたライラーは、ベッドが五つ入ったぎゅうぎゅう詰めの部屋にいた。ほかの人たちは横になり、家族や、慌ただしく行き来する数人の医師に囲まれている。知った顔はないかと見回すと、サーラがいた。かつてクマのぬいぐるみを抱いて寝ていたときのように、病院のベッドのシーツをつかんで、ベッドの端で眠っている。ライラーは顔の上に何かがあるのを感じた――包帯だ。何があったのか、思い出そうとした。ぶつぶつと声を絞り出す。「父《ババ》さん……サルマー……」ライラーの言葉で目を覚ましたサーラが、かすかに身動きした。サーラは手を握って、「ママが一緒にいる。大丈夫、みんな元気だよ」と言った。ライラーはまた眠りに落ちた。

サーラはライラーの手を放すと、部屋の外に出た。廊下のあちこちに人が横たわり、満員だった。歩いていく足の置き場がほとんどないくらいだ。床で横になっている人、泣いている人、呻いている人。サーラは直視できなかった。ある扉のそばに、ちょっとした場所を見つけ、両膝を引き寄せて頭を預けた。もう散々泣いたので、流す涙はもう残っていない。家族と一緒にいることには耐えられなかった。小さな心にとって、それはあまりにつらい。なぜこんなことになったのか、サーラにはわからなかった。わかっているのは、それがアパッチヘリコプターやF-16戦闘機、戦車、銃弾、兵士たち、そして血を意味することだった。

アブー・ライラーとサルマーは死ななかった。サルマーはまだ幼く、おそらく自分は一生歩けないのだということがわかっていなかった。一方のアブー・ライラーは、銃弾が貫通した腎臓がちぎれ、ライフルの台尻で殴られた胸骨が折れていた。脂肪質の小さなしずく、骨が折れた箇所の、脂肪分の小さな粒が血管に入り、心臓を通って肺に達していた。そのせいで肺の免疫機能が発動し、体液が肺に溜まって酸素を取り込む能力が妨害され、肺出血を引き起こしてしまった。

一家は三日間病院にいた。アブー・ライラーは人工呼吸器につながれ、そのうち医師たちの手によってようやく容態が安定した。一家はもう病院にとどまることはできない。攻勢はまだ大規模に行われていて、病院に運び込まれる負傷者や死者は増え続け、深刻なスペース不足になっていた。負傷者の多くは、早々に病院から出てほかの人に場所を譲るしかなかった。

一家が暮らしている北部ベイト・ハヌーンがどんな状況なのかについては、ラジオを頼りにするほかなかった。どうやら、地区への侵攻はまだ続いていた。家に戻るのは危険だ。かといって、病院もそれなりに砲撃を受けているので安全とはいえない。だが、封鎖されたガザのなかでは比較的安全なほうだった。ウンム・ライラーはガザ市の中心部に住んでいる妹のモナーに電話をかけ、そこに身を寄せることにした。

電話を切ると、彼女は重く痛む心と、手をしっかりと握ってくるサーラとともに医師のところに行き、泊まる場所が見つかったと伝えた。医師は彼女にブドウ糖の点滴袋をいくつか渡し、彼女とライラーに使い方を手ほどきした。さらに、命に関わる合併症についても注意し、状況が落ち着けばすぐにアブー・ライラーをまた病院に連れてきてほしいと言った。それがいつになるのかは、誰にもわからなかった。

爆撃と、イスラエルのジェット機による威嚇のなか、一家はモナーの家にたどり着いた。恐怖と苦痛と苦悩のなか、五日間が経っていた。だが、翌朝になると静まり返っていて、家族にはそれが恐ろしかった。たいていは、最悪の事態はまだこれからだという意味だったからだ。ところが、今回はそれが攻勢の終わりだった。砲撃と殺戮《さつりく》は止まった。

だが、ライラーの家族にとっては、さらなる苦しみが始まったばかりだった。

自分たちの家に戻ってみると、農地は瓦礫の山と化していた。その年の収穫はまったくなくなってしまい、いまあるものでやりくりして、直せるものを直すしかなかった。なんといっても、アブー・ライラーが自分の土地を砲撃されたりブルドーザーで更地にされたりするのは初めてのことではない。だが、今回、アブー・ライラーはやり直すことができない。健康がひどく損なわれてしまったのだ。カイロで腎臓の手術を受ける必要がある。その手術はガザでは行えないし、肺の出血を効果的に治療するための機器はガザにはない。アブー・ライラーの症状は、確かに重篤だった。それでも、ほかの負傷した何百人という人たちと比べると、そこまで重篤とはみなされず、結果として治療のためガザを出ることは認められなかった。

　父の痛みが身体的なものだけではないことが、ライラーにはわかった。家族の痛みを自分の痛みとして感じていたのだ。家族からもっとも必要とされているときに、大黒柱になるどころか家族の重荷になってしまっているという思いからの痛みだった。ライラーはあちこちの病院を駆けずり回って、父親のための書類をそろえる一方で、ずっと夢見ていた奨学金を得るための高校の卒業試験《タウジーヒー》勉強もせねばならない。ウンム・ライラーは傷ついた夫と娘の世話をするかたわら、農地を手入れせねばならない。以前はお転婆だったサーラは、死と破滅の光景、恐怖や痛み、怒りや憎しみといった感情にとらわれてしまっている。サーラがセラピーを受けられるようになることはないだろう。だが、妹のサルマーの世話を続けて遊び相手になるだろうし、父親のそばで眠るだろう。父親は夜になるときまって涙を流した。

　アブー・ライラーの容態は日を追うごとに悪化した。苦痛の四か月が過ぎたある日、ライラーが電話に出ると、医師の声が聞こえてきた。その週の終わりにはアブー・ライラーのカルテを送るので、そうすると手術のためにガザを出るチャンスがあるかもしれないのだという。そんないい知らせは久しぶりだった。ライラーは自分の耳が信じられなかったし、その話を聞いた母親も同じ思いだった。「ほんとうに先生がそう言ったの？　ライラー、確かなの？　いつカルテを送るって？　返事はいつくるの？」と訊きながら、ウンム・ライラーの頬には喜びの涙がとめどなく流れていた。

週の終わりが待ちきれなかった。その五日間の歩みはあまりに緩やかで、母と娘の心臓は止まることなく高鳴り、頭はいっときも休まらなかった。ついに、父は治療を受けに出られるのだ。ついに、また働くことができる。ちゃんと食事をして、一家を外に連れていって、心の底から笑うことができて、自分は死んでいくのではないかと絶えず心配しなくてもよくなる。ついに、ライラーは絶えず心配せずに勉強できるし、サーラはもう父親が静かに泣く姿を見たり、死のことや未来について両親が話し合う声を聞かなくてもよくなる。そして、幼いサルマーは一家のみんなに注目してもらって可愛がってもらえる。

木曜日になった。ようやく。時計の針が午前六時を指したとき、ライラーと母親はもう起きていた。ふたりは家族の朝食を作り、服を着替えるとすぐに病院に向かった。電話を待ってはいられなかった。自分たちで行って確かめたかった。

受付にやってきて、マフムード先生に会いたいのですがと言った。医師はまだ出勤していなかった。待っている二時間は、ライラーと母親にとっては五日間よりも長く思えた。医師が入ってくると、ウンム・ライラーは席から飛び上がり、「マフムード先生！」と期待を込めて呼びかけた。マフムード医師は眼鏡の位置を直し、言葉を飲み込んで、「ああ、ウンム・ライラー……」と答えた。

その表情と言葉は、あまり心励まされるものではなかった。医師のその表情を見て、ライラーと母親は身震いした。心臓が静かに、だが痛ましく締めつけられた。さらに踏み込んで、書類はどうなりましたかと訊ねてみるべきだろうか。それとも、動揺してしまうようなこと、この五日間の美しい願望を叩き潰してしまうようなこと、最後の希望のかけらをすっかり破壊してしまうようなことは訊かないほうがいいだろうか。医師の顔のすべては、こう言っていた。「書類のことは訊かないでください。カルテのことは訊かないでください。治療のことなんて訊かないでください！」ふたりは訊ねなかった。ライラーも母親も、ひと言も発さなかった。マフムード医師は単刀直入に切り出した。「ウンム・ライラー、いいですか……。ご主人はかなり重篤です。私の身にもなってください。ご主人のカルテか、回復の見込みがもっと高いが死にそうな赤ん坊のカルテか、送るならどちらになりますか？」

ウンム・ライラーの顔をじくじくと伝っていく何粒かの涙が、言葉も質問も押しとどめた。医師は話を続けた。「今週、深刻な血液の病気にかかった赤ん坊が運ばれてきました。できるだけ早く治療に送ってあげなければ、その子は歩けるようになる前に死んでしまうかもしれない。そして、目下の状況で私たちが送ることができるのはひとりだけなんです」

それが意味することに衝撃を受け、ウンム・ライラーはあえぎ、ライラーは「誰が生きて、誰が死ぬのかを決めるなんて、何様なんですか⁉」と厳しい声を上げた。ライラーが叫んでも、マフムード医師は声音を変えなかった。「いいですか、ほんとうに申し訳なく思っています。これは仕方がないことなんです。私たちはできるだけのことはしますし、何かあればそのときには電話します。もう行かなくては。待っている患者がいますので。ウンム・ライラー、お体に気をつけて、娘さんたちとご主人を見てあげてください。神の祝福を」

そうして、すべてが止まった。待つことだけが残った。今回は、最悪のことを待っていた。何もかもがちっぽけに思えた。時間はちっぽけで、苦痛はちっぽけで、希望はちっぽけで、恐怖はちっぽけで、何よりも人びとの命はとりわけちっぽけなものだった。

ライラーは叫びたかった。心の底からの金切り声を上げたかった。だが、できなかった。母親はただでさえつらい思いをしている。母親のためにも、いまはしっかりしなければ。受付室の中央で泣いて、大声で叫ぶ女性はひとりで十分だ。母親はすっかり取り乱していた。アブー・ライラーにどう言えばいいのだろう。さっきまで、また元気になったら家族のために何をするか計画を立てていた人に、どう言えばいいのだろう。何も言えない。何も言わずにいるしかない。

アブー・ライラーは三か月後に死んだ。

悲しみに暮れてはいても、ほかと比べれば自分たちはまだ運がいい。ライラーはそう思って、自分も家族も納得させようとした。家の壁はまだあるから、テント暮らしで厳しい冬の寒さと夏の暑さに耐えなくていいぶん、一家は幸運だ。イスラエル軍のミサイルを被弾したときにはまだおむつをはいていたサルマーは、脳を損傷してはいないし、ガザで治療を受けているし、家の下敷きになってばらばらの遺体を家族が掘り出すことにはならなかった。ウンム・ライラーは幸運にも体は健康だし、家族を守って、食べさせていくことができる。サーラは幸運にも、心は混乱していても体は傷を負っていない。それに、ライラーは幸運にも気を失ってこの世の地獄としか言いようがないものを目の当たりにせずに病院に連れていかれた。それに幸運なことに、まだしっかり集中できて、テストで満点を取って、ずっと夢見ていた奨学金を得ることができた。一家の災厄は、ガザの悲劇と天秤にかけてみれば、さしたるものではないのだ。

＊

父親の代わりにカルテを送ってもらえた赤ん坊を、ライラーは憎んではいなかった。医師がどちらかを選ぶしかない状況を作ったイスラエルだけを憎んでいた。その赤ん坊が生き延び、大きくなって、自由の戦士になってくれることだけを願った。「いいや、医学部をやめるわけにはいかない。あれだけの思いをしたんだから」と、歯を食いしばって言った。寝室で座り、ろうそくが燃え尽きかけていて、イスラエル軍のアパッチヘリコプターが空を切り裂いていく音を耳にすると、あたりを見回し、その弱々しい瞬間に、父親の負傷から始まったあらゆる苦しみを思い出し、歯を食いしばってつぶやいた。「次は、ちゃんと仕事をしなさいよ。爆撃するのなら、最後まで爆撃して。銃を撃つのなら、ちゃんと撃ち殺して」

オマル・X

ユーセフ・アルジャマール

夜は静かだった。月は夏の雲の後ろに隠れている。微笑む顔は、彼がまだ若いことを教えている。ゆっくりと地面に当たる足取りは、小道を探している。パタパタというヘリコプターの音が近づいてきて、彼の一家が一九四八年から暮らしている混み合った難民キャンプの平穏を引き裂いていき、戦車が進んでいく耳慣れた音が夜の静けさに押し入って、二度と眠れないのだと宣告してきた。彼はカーキ色の軍服に急いで袖を通し、銃をつかみ、埃っぽい銃身をさすると、家から猛然と飛び出した。家の戸口のところで少し待ち、誰もいないことを確かめるとき、彼の目は右へ左へとさまよい、ついに友人と目が合った。三か月前に殺害され、いまでは難民キャンプのあちこちの壁に貼られて不滅の存在となっている。親友の蜂蜜色の目を見ると、いつも心が安らいだ。ヘリコプターがしばらく遠ざかると、あたりはまた静けさに包まれた。

じきに、サアドが合流して、ふたりはオレンジの果樹園に入った。俺が先に行く、とサアドは言い張った。あたりに兵士がいないことをサアドが確認したあと、オマルも続いた。「ここは安全なはずだ。あの建物の中央に近づこう。あそこからなら見晴らしがいい」と、オマルは小声で提案した。

足元の草は生えてきたばかりだ。耳に入る物音といえば、進んでいくふたりの体に擦れる枝の音だけだった。サアドは立ち止まり、銃を調べた。オマルも同じようにした。一瞬、ふたりは動かずに立っていた。また耳に入ってきた静けさは、今度はいっそう明瞭だった。どういうことか、ようやく悟った。この静けさは人工的なものだ。オマルとサアドは視線を交わすだけで、言葉を交わす時間はなかった。建物からの銃弾が、ふたりに浴びせられる。オマルは弾を受け、倒れた。「気をつけろ！ 地面に伏せろ！」と、まだ信じられないままにサアドは叫んだ。さらに銃弾がビュンビュンと飛んでくる。

オマルの目の前で、それまでの人生が走馬灯のようによみがえる。子どもだったときの自分が、父親に甘やかしてもらっている姿。生徒だったころの自分が抗議して小銭を投げ、コインが自分たちの錆びついた家の屋根に散らばっている光景。自分が先導するデモで、若い仲間たちが殺されているところ。歌手になって、自由を求めて歌う自分の姿。最後に、戦士になった自分の姿。

産婦人科棟に続く、埃っぽい狭い廊下に、満面の笑顔になった親戚たちが詰めかけ、彼の両親におめでとうと言おうと待ち構えていた。その数か月前、家族の集まりで赤ん坊の名前が披露されたとき、難民キャンプには夜間外出禁止令が敷かれていた。「父さん、一番上の兄さんは長男にあなたの名前をもらって、イブラーヒームと名づけた。兄のアブー・イブラーヒームと同じ名前になるのはよろしくない。子どもにはオマルという名前をつけようと思う。優しさと同時に強さを感じさせる名前だ」と、アブー・オマルは高らかに言った。しきたりと違って祖父の名前をもらうことはなかったが、オマルの祖父はその名前に満足した。母親は、その名前に対する夫の思い入れを嫌がる素振りを見せなかった。生まれると、男の子は運ばれていき、しきたりのとおり祖母に体を洗ってもらった。

「パレスチナへ、おまえを贈ろう。立派で男前になったおまえの姿が見たい。イスラエル兵は避けて通ることだ。もし傷つけられたら、やり返せ。この小さな子に永い命あれ」とオマルの父親が歌っていると、占領された土地にそうとは知らずやってきた赤ん坊は眠りに落ちた。

　夜間外出禁止令が出ていたが、生まれたばかりの男の子と母親は、夜の闇にまぎれて難民キャンプにあるブリキの家に戻ろうとした。五人の兵士がその車を止め、通常の検査を行うと、その地区の入り口に向かうことを認めた。一九四〇年にそこに建てられたイギリスの監獄にちなんで、その地区は「Aブロック」と名づけられていた。そこに暮らす難民とは似ても似つかないイスラエル人兵士がひとり検問所に立っていて、その地域に母親がまた新たな子どもを連れていこうとしているのを見つめていた。その地域は、子どもたちが石や岩などを手当たり次第に兵士に投げつけてくることで名を馳せていた。「膝元に持っているのは何だ？」とその兵士は訊ねた。「イェレドです」とウンム・オマルはヘブライ語の「子ども」という単語で答えた。運転手はタバコを一本つかみ、ファイルーズが「私たちはいつか、自分たちの村に帰還する」と歌うのを兵士に聞かせた。

二発目の銃弾が、オマルの体に当たる。

「この子の小さな顔じゅうに唇を当てていたら、息ができなくなりそうだよ。泣いているでしょう。そんなふうにこの子にキスしないで」と、ウンム・オマルは抗議した。「この子への愛情は果てしないんだ。毎日大きくなるが、古びたりしない」と、アブー・オマルは自分の抱っこの仕方を弁解した。

ある満月の、やはり静かな夜、自分たちに投石していた子どもたちはいないかと、兵士たちはオマルの寝室に押し入り、月を白い風船に見立てていた彼の空想を台無しにした。ウンム・オマルは息子を抱きしめ、部屋のいたるところに侵入する兵士たちの血走った目から隠した。母親はオマルが戦士になると思い描いたことは一度もなかった。いまとなっては、銃がさらに忌まわしくなった。「小さな息子よ、眠りなさい。愛する人よ、眠りなさい」と、恐怖に彩られたオマルの子ども時代には歌って慰めていた。

風はしょっちゅう火薬の匂いを運んできたが、その風よりも早く、オマルは成長していった。親戚も含めた家族の人数が倍になり、錆びついた家はさらに狭くなった。五歳のころ、幼稚園に行くときに怖かった兵士たちは、まだ人生のあらゆる面を侵略しているのだ、とオマルは悟った。

驚くような歌声のおかげで、オマルは抵抗の歌を歌うなかで多くの人と出会った。そのなかには、戦士だという若い男たちもいた。オマルはその仲間に入り、絶え間ない襲撃から難民キャンプを守ろうと思った。

三発目の、最後の銃弾が、恐ろしい静けさを破ってあっさりとオマルの体にたどり着いた。「母さん、ぼくは本気だ。カラシニコフを買ってあの兵士たちと戦うために、お金がほしい。あいつらは子どもや女性を殺してる。これはぼくの義務なんだ」とオマルは迫った。長男を愛していたが、母親にはオマルを止める手立てはなかった。彼女としては、息子にはしっかり勉強して、高校の最終試験に合格してほしかった。「とにかく今年は勉強をしっかりやりなさい。そうすれば、二、三年は教育のことは先延ばしにしてもいいから」とウンム・オマルは提案し、学業に専念してもらおうとした。「ちゃんと卒業証書を持ってくるから、母さんは鼻高々でいられるよ」とオマルはよく言い、不安を募らせる母親を慰めた。

血を流す彼の頭に、いつも歌っていた大好きな歌がふと浮かんだ。「母さんが寝心地のいいベッドを整えてくれた。革で枕を作って、永遠の幸せを願ってくれた。これがきみの花嫁、ダイヤモンドのように輝いて……」

ぐったりしたオマルは、携帯電話を取り出して最後に家族にかけることもできなかった。血は流れ続け、銃弾は浴びせられ続ける。彼は頭を右に向けた。うつ伏せになったサアドが、命なくそばに横たわっている。どうにか力を振り絞り、片手をサアドの体の上に伸ばした。そして、何かをする前に、その手は落ちた。

我々は帰還する

ムハンマド・スリーマーン

アブー・イブラーヒームはぐったりした体で、どうにか肩に荷物をのせ、両足を引きずりつつ歩いた。体がふらついた。両足はできるかぎり遠くまで体を運ぼうと疲れることなく動き、体はしっかり安定することはなかったが、彼は転ばなかった。アブー・イブラーヒームはひとりではなかった。人びとの長い列を従えていた。家族がついてきていた。妻がふたり、五歳から二十二歳までの子どもが十二人いた。アブー・イブラーヒームは去っていくところだったが、どこへ向かうのかはわかっていなかった。まわりには何百人という人びとがいて、みな同じことをしていた。みな、去っていくところだ。そしてみな、自分たちがどこに向かうのかわかっていない。アブー・アフメドが妻を連れている。結婚した息子ふたりが両脇を歩き、未婚の息子ふたりと娘四人が作る列は、アブー・イブラーヒームの後ろに延びる列にも劣らない。アブー・アフメドの一家も去っていくところだった。アブー・ナーセルの後ろには、二十人におよぶ親族が一列になっている。運ばねばならない荷物に体力を奪われつつ、誰もが去っていくところだった。どこに向かうのか、それはわからない。

去っていく人びとの足は、足の持ち主が立っていられるようにすり足で動く。そこから巻き上がり、大きくなっていく濃い土埃のなかで聞こえるものといえば、岩がちな土地の砂を靴がこすって進み、ときおりつま先が石にぶつかる音だけだった。何十人もの人びとがさまよい、誰もが肩や背中に負う重荷のせいで腰をかがめている。どこに向かうのかわからないまま、ただひたすら歩き続ける。彼らにわかっているのはただひとつ、その日は暗黒の日だということだけだ。誰かがやってきて、家や農地やオリーブの木々から彼らを立ち去らせ、もし「いやだ」と言えば銃を顔に突きつけて立ち退かせたため、彼らはまた戻ってこられるだろうという希望を胸に抱いて去った。ただ、どうやって戻るのかはわからなかった。

それがナクバだった。それが起きてから、彼らは二回か三回向かう先を変え、「これから帰るの?」と子どもや孫たちが訊ねてきたときには「違う」と言う悔しさに耐えねばならなかった。荷物の包みはどんどん大きく、どんどん重くなり、道路の先にはもはや自分たちの村は広がっていない。ちょうど日が落ちたころ、アブー・イブラーヒームとアブー・アフメドとアブー・ナーセルの三人は小さな焚き火を囲んで集まり、自分たちのおぼろげな運命について話し合うことにした。家族は大きく広がる星空の下でゆったりと腰を下ろし、彼らがぼろ布で建てたテントと木々に風が吹きつけた。どさどさと歩く混沌とした音は、日が暮れるとなくなった。恐ろしい沈黙、火が弾ける音、ときおりひゅうひゅうと吹く風の音がそれに代わった。風が吹くと、火が弾ける音はさらに恐ろしいものになった。それを打ち破るのは、小さな子どもたちのくすく笑う声だ。母親が子どもたちの腋をくすぐり、笑い声を出させている。

アブー・イブラーヒームはその場にふさわしく深いため息で会話を始めた。そのため息は、アラブの牝馬が夜に抱かれ、突然亡くした子馬を思って泣いている呻き声と間違えられてもおかしくなかった。じっさい、それはアラブ人の呻き声だった。父からは、自分の名前を書けるようになる前から太陽のごとく誇り高くいるよう教えられ、その誇りを傷つけられたアラブ人の声だ。

「神がきっと助けてくださる《ビ・エーニッラー》、アブー・イブラーヒームよ」とアブー・ナーセルは隣人の苦悩のため息にすぐ答えつつ、砂に輪を次々に描き、また沈黙が訪れた。

「神が我らを助けてくださる」と、アブー・アフメドの声がした。彼は巧みに数珠をまさぐった。「思うに、アラブ人たち、とくにエジプト政府は黙ってはいないはずだ」とアブー・アフメドは言った。「我々が家に戻れるように、何とかしてくれる」

「そうだ」とアブー・ナーセルも頷いた。

「それに、我らの兄弟であるサウジ人たちがいることも忘れてはいけない」とアブー・アフメドは言った。アブー・ナーセルが賛成して頷いてくれているのを見て、次第に声が大きくなる。

「それに、ヨルダン人やシリア人、イラク人やアルジェリア人、アラブの兄弟たちもいる。みんな助けに駆けつけてくれて、我々の国からあの残虐な連中を追い出してくれるはずだ」

「そうだとも！」勇気を奮い起こし、隣人の熱のこもった口ぶりを感じたアブー・ナーセルは、頷くのをやめて、情熱的な語りに自分も加わった。「あのけだものどもを叩き潰して、ここから追い払ってくれるさ！」

　アブー・ナーセルが自信に満ちた声で、士気高揚のための演説をぶっている一方、アブー・アフメドは唐突に不機嫌な顔つきに戻った。まるで、あっというまにアラブ人たちについての意見を変えてしまったかのように。そんなわけで、彼が何も言わないのでアブー・ナーセルは失望した。ひたすら待ったが、アブー・アフメドは無言だった。

　すべてはそこで終わり、火に照らされた会合を沈黙がふたたび支配した。

　そのつかのまの沈黙を挟んで、アブー・アフメドはまた話し始めた。ただし、今度はひどく落ち着いた、低くためらいがちな声で、目は小枝で無造作に描いた輪から離さず、仲間の目を見ることはなかった。「そう、そうしてくれるかもしれないが、どれくらい時間がかかるのかはわからない」仲間に話しているというよりは、ひとり言をつぶやいているように見えた。

「一週間か二週間か、一か月か二か月か、それとも半年かかるか。誰にわかる？」

「神かけてとんでもない《ファーラッラー・ワラー・ファーラク、ヤー・ザラメ》！」と、アブー・イブラーヒームが出し抜けに口を開いた。「なんてことを言うのか。半年？　我々がこのテントに半年もいることになると？　いや、ありえない。そんなはずがない」アブー・イブラーヒームはそう話を続けつつ、怒りに満ちた驚きに目を大きく見開いていた。

　そのとき、アブー・ナーセルにもアブー・アフメドにも言いたいことはあった。ふたりはしばらく視線を交わし、お互いに相手がその胸の内を話すのを待った。どちらも口を開き、言いかけては、ためらい、止まり、結局は無言になった。誰も口を開かなかった。のちのち事実になるだろうことを口にする勇気は、誰にもなかった。ふたりとも、アブー・イブラーヒームには言えなかったが——言えないというよりは、思い出させることはできなかったが——彼らが自分たちの家、土地、農場、そしてオリーブの木々のあるところに戻るまでには、半年よりも少し長くかかるかもしれない。そして、話はそこで終わった。

そのとき、割れた陶器の水入れを頭にのせて右手で支えたウンム・イブラーヒームは、赤い模様がくっきりと浮かび上がった黒い服を着て、裸足の子どもを後ろに従えて小走りで夫のところにくると言った。「紅茶を淹れましょうか？《アーイズィーン・アーミルコー・シャーイ》」

「そうだな。紅茶を飲もうじゃないか」とアブー・イブラーヒームは答えた。彼も隣人ふたりと同じく、砂に輪を描くようになっていた。

三人の男は黙ったまま、気が紛れる作業を続けた。農家の男たちが握っていた小枝が砂にしっかりと刺さっている、それは確かにほっとすることだった。砂に小枝を植えたことで、三人は心慰められたのだろう。そのときになってようやく、目の前に広がる沈黙に落ち着かなくなり、その沈黙を破ろうかという気になったアブー・イブラーヒームは、即興で讃歌を歌い始めた。「我々はきっと帰還する《ラージィーン》、ああ故郷よ《ヤー・バラディ》」——すると、アブー・アフメドがそれに続き、ほんの少し高い声でその節を繰り返した。その上昇する情熱的な音を感じ取ったアブー・ナーセルは、止めようもなく声を上げて歌唱に加わった。

「我々はきっと帰還する、故郷よ、我々は帰還する」

三人がそろって歌っていると、その歌はぎこちなくなった。それぞれが自分なりに歌っているせいで、音の統一は取れず、それぞれがほかに構わず自分のリズムを保とうとしたため、一緒に歌っているというよりも、まるでめいめいが相手の歌に割り込んでいるかのようだった。

「わかった、みんな、それでどうする？《ウ・バアデーン、ヤー・ジャマーア》」とアブー・イブラーヒームは怒った口調で言い出した。「こんなふうにメーメー鳴き続けるのか？」

「わかった、最初からやり直そう」とアブー・アフメドは答えた。

「いいとも《マーシィ》」とアブー・ナーセルは言った。

「リズムはひとつ、音調もひとつだぞ、いいか」とアブー・イブラーヒームは念を押した。

「いち《ワハド》、にぃいいいいいの《トゥネ〜〜〜〜〜ン》、さん《タラータ》」

「我々はきっと帰還する《ラージイーン・レク》、ああ故郷よ《ヤー・ブラード》、我々は帰還する《ラージイーン・レク》」

「我々はきっと村に帰還する《ラージイーン・ラー・カルヤトゥナー》、我々はきっと畑に帰還する《ラージイーン・ラー・ハコレトゥナー》」

「我々はきっと帰還する《ラージイーン》、ああオリーブの木よ《ヤー・ザイトゥーナ》、我々はきっと帰還する《ラージイーン》、ああレモンの木よ《ヤー・ライムーナ》」

三人は一緒に歌いだし、望んでいた同じリズムで同じ音調を保ち、アブー・イブラーヒームが先導して、音調と即興で作った言葉を教えていた。それからほんの少し経ったところで、アブー・イブラーヒームは憤慨した口調で、隣人ふたりがまた唱和できていないと非難した。

「もう一回やってみよう」と彼は言った。

三人の男はハーモニーを保って歌おうと試みたが、何回やってみても、しばらくすると乱れてしまった。やり直しを繰り返すうちに、六十五回目に達したが、それでも声をひとつにまとめることはできなかった。三人はほんとうに羊のように鳴いていた。そしてついに、長い距離を移動してきて疲れ切り、ほかのふたりについていこうとしても無駄だと見て取ったアブー・ナーセルは、そのまま眠り込み、じきに、アブー・アフメドとアブー・イブラーヒームのふたりもそれに続いた。火は燃え尽き、冷たいそよ風が、どうにか立っているテント群に吹き寄せた。誰もが眠っていた。

翌朝、三人の男は腰をかがめ、肩に担いだ重荷と格闘しながら歩いていた。息子たちや娘たち、妻たち、あちこちにいる何百人という人びとが後ろにつき、みなが同じことをしていた。誰もが去っていくところだった。

下から

ラワーン・ヤーギー

自分の目が開いているのかどうかすら、私にはわからなかった。

混乱のあと、すべてはすごく平穏に思えた。埃が顔を覆っている感覚があった。埃で鼻が詰まっているようで、それでも鼻から息を吸い込もうとすると、よけいにひどくなる感じがした。口から息をすることにした。息がれんがのひとつに当たるのがわかった。救急車のサイレンがかすかに叫んでいるのが聞こえ、そのあとは、自分の息しか聞こえなくなった。片腕は私の木製ベッドの端の下に挟まっていて、もう片方の腕は重いれんがらしきものの下敷きになっている。つま先も両脚も髪も、監獄に入れられて、動くなという判決を受けている。かなりの痛みがあるけれど、それがどこの痛みなのかはっきりしない。こんな小さな狭い空間に閉じ込められたことはない。私の世界はひどく狭く、尖っているように思えた。

怖かった。ただひたすら待って、怖くなったときのために母がかつて教えてくれたように、人生で楽しかった瞬間を思い出そうとしたけれど、ほんとうに数少なかった。兄の大がかりな結婚式の宴。祖母がメッカから戻ってきて、歌う人形をくれたこと。いままでで一番たくさんイーディーヤをもらった、前回のイード。母が新しい赤ちゃんを抱いて帰ってきたこと――それが私にとっても幸せな出来事なのだろうかという疑問はあるけれど、ちっちゃな赤ちゃんを見つめる両親の顔は、確かに喜びでいっぱいだった。

自分の息がそっと顔に跳ね返ってくる。私たちの菜園の香りを運んできてくれる風ではなく、灰色がかった物の匂いを帯びていて、きっとすべて大丈夫だよと慰めるように鼻や頬に触れてくる。でも、しばらくして私は泣き出した。空には星がなかった。そのときになってようやく、まつ毛がべとつく感じがし始めて、自分が目を閉じていることに気がついた。目を開けているか、閉じているか、どっちにしてもまったく同じことだ。かなり泣いたから、涙が顔についた埃と混じり合って、泥のようになって両頬の端にずるずると流れていき、耳の穴に入り込んできた。きっと出血もしていたのだろう。ものすごい痛みが胸のなかで大きくなってきた。金切り声を上げるたびに、後頭部がどんどん引きずり下ろされていくようで、私はまわりのすべてを押しやるだけの力があるような気がした。でも、何も動かないようだ。何が何でも立ち上がって、母の温かい腕のなかに飛び込みたい。そのとき、ふと思った。誰も助けにはこない。家のどこにも、人の動く気配はない。私はさらに激しく泣いた。

私は助けになりたかった。動こうとした。筋肉をひとつだけ動かす。つま先を片方ずつ。かなり鋭い何かが、体から突き出ているのがわかった。

泣くのをやめた。待った。血を流した。

十五分だけ

ワファー・アブー・アル゠コンボズ

「ママ、パパに会いたい。電話して、家に帰ってきてって言って。聞いてる?」と、イスラームは苛立って言った。

「イスラーム、どうして大声になるの? ちょっとだけ待ってくれたら電話するから」と母親は言った。

「わかったわかった、ごめん」とイスラームは言った。「描きたいものがあるんだ。パパはいつも手伝ってくれる。絵を描くのがとてもうまいから。先生がね、クラスのみんなに、家族がもともといた村の地図を描いてきなさいって」と、イスラームは母親に説明した。「ぼくの土地が一番だ、最高の地図になるよ。四年生になったとき、パパがそう言ってた」

イスラームは自分の部屋から出ようとしたが、少しためらった。壁にあるものに気を取られたのだ。毎日のように目にしていたが、それが何なのかはよくわからなかった。その日は、ほんの少しで動き出しそうだと思った。木々は荒々しく揺れ、右上の角では雲が生じてきている。

すごく鮮やかだった。イスラームはその絵をしばらく眺めた。父親に手伝ってもらって描いた絵だったが、太陽は出てこない。イスラームはそれが気に入らなかった。母親のもとにそそくさと駆け寄った。

「パパ、遅いね……」イスラームはまた、壁の絵のところに駆け戻った。「ママ……ママに話してるんだよ。聞こえてる?」と、もうひとつの部屋から大声で言った。

母親はいつものように家を動き回り、まるでイスラームが話してはおらず、そもそも家にもいないとでもいうような様子だった。

「あの小さい家に住んでたときのこと、ぼくは覚えてる。小さい家だった。そう、古い木があった、パパが植えた木。そう、パパが植えたんだ。それか、お祖父ちゃんが植えたのかも、違う、この木を植えたのはぼくだ」と声を張り上げ、母親が見にきてくれるかと期待した。

イスラームは母親を見つめた。母親が疲れ切っているのを感じた。母親の目が前よりも小さく、黒くなっているのがわかった。父親がここにいて手伝ってくれたらいいのにと思ったが、父親はほとんど家にいない。重いものを運ぶこと以外、家の手伝いをする時間はないようだった。イスラームは父親のように強くなりたかった。そうすれば母親を手伝えるかもしれないし、そうすればイスラームと話をする時間ができて、ずっと自分相手に話さなくてもよくなる。午後四時、父親はまだ戻ってきていない。母親からは一度、父さんは「お尋ね者」なのだと言われたことがあった。それがどういうことか、イスラームにはわからなかった。ただ、父親にあまり会えないということだけはわかった。

「きっと、暗くなる前に帰ってきてくれる」とイスラームは思った。

＊

「イスラーム……イスラーム、起きて！」と、親しげで鼻にかかった声が呼んだ。

イスラームはその声がするほうへ頭を向けた。どうでもよかった。

「イスラーム、イスラーム……。父さんがもうすぐくるよ。今回は十五分いられるって。父さんはとっても忙しいんだから、きちんとしなさい」と、もうひとつの部屋から母親の声がした。

「十五分？　十五分なら待てるよ」

彼女は笑顔になった。「まったくやんちゃな子だね」

「でも、パパはすごく遅いし……」イスラームも笑顔になり、またあの絵をじっと見た。

「ぼくの地図が一番になるよ。パパが描いてくれるんだ。ぼくだってちょっとは手伝うけど。それに、ぼくの土地とぼくの家の地図だ。ぼくの地図なんだ。パパは色を選ばせてくれるし（前に赤の使い方がだめだから緑を使ってみろと言われたことはあるけど）、色を塗らせてくれることもある。パパとできることはほかにあんまりない、すごく忙しい人だからね。前回は、色はぜんぶぼくが塗ってもいいって約束してくれた」

「ママ、あのさ、言ってたとおりにパパがこなかったら、学校には地図を持っていかないよ」とイスラームは文句を言って、父親がきてくれることを願った。学校に地図を持っていって、みんなに見せたかった。地図の出来を自慢して、父親と一緒に作った完璧な地図なんだと言いたかった。

＊

「イスラーム、イスラーム……早く起きろ。まったく、怠け者だな！」ジョーはがみがみ言って、ソファにあったふたつのクッションでイスラームを叩き、その声がイスラームの神経に障った。「イスラーム、大遅刻するぞ。大遅刻してしまうってわかってるだろ。さっさと起きろ、でないと……」

「いや、十五分だけでいいから。修士論文のことはわかってる。とにかく、十五分でいいんだ。水は注がないでくれ。寒いから、ああ、紅茶には少し砂糖を入れといてくれよ。頼む、十五分だけ寝させてくれ。この十五分が大事なんだ」

「十五分なら待てるよ」とジョーは答えた。

イスラームは枕の下からそっと片手を伸ばし、ベッドのそばにある額縁に入れた地図に優しく触れて、まだそこにあることを確かめると、また眠りに戻った。

「やっと帰ってきたね、パパ。やっと帰ってきた」と、眠ったままイスラームは繰り返した。

家

リフアト・アルアライール

　ふたりはじっと立ち、自分たちの家のあらゆる細部を目に焼きつけた。サーレムには当初は父親の計画がよくわかっていなかったが、鳥肌が立っているのは、三年ぶりに我が家をふたたび目にしたせいなのか、ほかの原因があるのか。

　その家は小さな丘の上にあって、西に延びるオリーブとレモンの木立を見下ろしていた。たとえるなら、手織りの緑の絨毯《じゅうたん》が果てしなく広がっていて、早朝の赤っぽい何本かの糸がそれを夜明けの晴れた空とつないでいるようなものだ。ついに、自分たちの家が、目の前にある。家に続くあとほんの数歩が、もっとも危険に満ちているし、命の危険すらあるのだとふたりは気づいた。帰還するという希望が、ふたりの日々のたったひとつの支えだった。アブー・サーレムは自分の家にたどり着きたいと思っていた。息子のサーレムは、銃撃されないよう、いやせめて逮捕されないよう願っていた。アブー・サーレムは、ジャケットとほとんど同じ色合いの、小さな茶色い鞄を抱えていた。息子が何と言っても、自分で持っていくと言って聞かなかった。

家に近づくにつれ、アブー・サーレムの足取りは速くなる。まるで、磁力によって家に吸い寄せられているかのように。二階建てのその家の屋根には、三年前と同じように、まだテントが張ってあった。アブー・サーレムが、家に移ってきてすぐ、カランディア難民キャンプで家族とテント暮らしをした日々を忘れまいと思って張ったものだ。忘れることは恥ずべきことであり、弾薬がたっぷりあるのに敵に投降するのと同じく論外だとアブー・サーレムは信じていた。自分に指図できるのが父親、あるいは祖父だけだったあのころを懐かしむのが、日々の習わしになった。

三時間ほど、歩き、しゃがんで隠れたあと、ついにふたりは家にたどり着いたのだが、最後の数百メートルが一番大変だった。家はすぐ近くにあるのに、ほんとうに遠い。分離壁の未完成の部分に近づくと、ふたりは腹這いになり、数分間じっと動かないまま、軍のパトロールジープが何台かと野良犬が数匹通り過ぎるのを待つしかなかった。

アブー・サーレムは六十一歳の難民で、西岸地区にある小さな村ニゥリーンで英語を教えていた。長男のサーレムが付き添って、ちょうど三年前に占領によって力ずくで奪われた家に戻ってきた。占領下で年齢を重ねるにつれ、アブー・サーレムはどんどん頑固になった。占領がそれを教えたのだ。話し、しょっちゅう言い争うことを教えた。占領、父親、そして教師という父親の仕事、それらすべてが、長男サーレムには口数を少なくして従順でいることを教えた。

振り返ってみて、サーレムはそもそも父親を止めなかったことを悲しんだが、今回も父親に従う以外に選択肢はなかった。家に戻るなんて馬鹿げていて、現実離れしていた。家に戻るという話が、ふつうの生活をするふつうの人びとが仕事か学校から家に帰るといった調子で父親の口から出てくることに困った。父さんは地に足がついていない、とサーレムは言い張った。ひょいと戻るなんて無理な話だ——いま、こんなふうに歩いて戻ろうにも、警備や巨大な分離壁が生活空間のなかをくねくねと走っているのだから。もちろん、そうした理由をそのまま口にしないようサーレムは気をつけていた。だが、ここまでのところ、父親のほうが正しかった。家に戻る旅が不可能だったのは、そう思い込んでいたせいだった。いざ行ってしまえば、それは可能になる。確かに可能だったが、サーレムからすれば、いつどこに危険が現れるかわからなかった。

＊

「どうやって?」

家に戻るつもりだ、だからおまえも一緒に来てくれ、と初めて父親に言われたとき、サーレムはそう訊ねた。だが、長年の経験で、父親の努力が無駄に終わることには慣れっこになっていた。畑の一部を更地にするブルドーザーを止めようと試みたこと。家の接収を止めるための訴訟に大枚をはたいたこと。家に入居するかもしれないユダヤ人一家の心に訴えようと、感情たっぷりの書状を渡してくれる人を探したこと。そしていまは、山がちな野原を上っては下りて、最後に家をひと目見ようとしている。自分で建てたあの家を、いまは壁のせいで見ることができない、だから最後にひと目見ておきたい、と父親はサーレムに繰り返し言った。「母さんにはもう相談してある。おまえを連れていくなら構わないとさ」というのが、父親からの答えだった。

「どうやって？」と、サーレムは歯を食いしばってもう一度言った。

明らかに、アブー・サーレムは細かい話を息子にするつもりはなかった。だが、どういう計画なのかを語りだすと、難しい授業の計画を練っているときのように、何度も頭のなかで答えを練習していたことはすぐにわかった。

アブー・サーレムは説明した。前回の朝の散歩は、危険がもっとも少なく一番よい道と時間を確かめて、使う道路の地形を頭に入れ、地元の羊飼いたちに助言をもらうためだった。明け方にするのが一番だという結論が出た。その計画を明かした父親の顔に浮かんでいるのが微笑みなのかどうか、サーレムにはわからなかったが、目が輝いていることは間違いなかった。アブー・サーレムが目を輝かせるのは、何かについて腹をくくったときだけだ。

「だから、真夜中すぎに、まだ分離壁ができていないところに向かって出発する。夜明け前には着くだろう。まだ暗いだろうし、パトロールの警備担当は眠たいか疲れていて見張りはしていないはずだ」そうした言葉を淡々と口にしつつ、アブー・サーレムは息子のいぶかしげな視線をずっと避けていた。

「案内人を雇うつもりは？」とサーレムは訊ねた。

「自分の家に行く道順はわかってる。馬鹿な案内人など雇わなくてもいい」と、アブー・サーレムはぴしゃりと言った。

＊

「もう近い」と、ふたりが家に近づくとアブー・サーレムはつぶやいた。サーレムに言い聞かせるというよりは、ひとり言だった。

「近いって何に？　父さん、僕らと家のあいだにあるのは死だよ！　ここから二、三百メートルはずっと兵士が見張っている。手遅れになる前に戻るほうがいい」とサーレムは主張した。思っていたよりもはるかに状況はひどいことに気がついて、ついに不安を口にする勇気が出たのだ。

「引き返したいなら引き返せ。少なくとも、俺は挑んで死ぬ」父親はきっぱりと言いつつ、サーレムが離れていかないことを願った。サーレムは離れなかった。

だが、どうやらアブー・サーレムの計画はうまくいっていた。あたりは静まり返っている。ふたりは何ごともなく分離壁の予定地を越えた。ほっとしたまさにそのとき、通りかかった軍のジープのアクセル音が聞こえ、ふたりはしゃがみ込んだ。

ふたりはごみの小さな山の裏にしばらく身を潜めた。ジープが見えなくなる直前、アブー・サーレムは枝を一本摑むと、それを後ろに引きずり、ジープが巻き上げていった埃に紛れて道路のほうに駆け出すと、息子を手招きした。サーレムは父親の行動が理解できずにいた。何しろ、ジープはまだ遠くに見えているのだ。

った。

「どうして枝を持ってこなかった?」サーレムが合流すると、父親は苛立ちをあらわにして言った。

「どうして枝を持っていったの?」とサーレムは訊ねた。

「枝を引きずって足跡を消さなきゃだめだろう」アブー・サーレムはかっとなって言った。

「埃と風が消してくれることを願おう」とサーレムは答えた。

あとほんの数メートルというところまでくると、彼らの家と木々がしっかりと隠してくれた。アブー・サーレムはそれから五分間をかけて、家とその周囲をじっくりと観察した。その表情は、何かがおかしいと告げている。サーレムは父親を見つつ、家を見つつ、同時に、近くに誰もいないことを確かめていた。

「占領は礼儀知らずで容赦がない。だが、こんなに思いやりがなくて手際も悪い占領は前代未聞だ。俺たちを苦しめるためにわざとやってるんじゃないのなら、あいつらはほんとうに頭がおかしくなってる。まったく!」とアブー・サーレムは吐き出すように言った。

父親を見つめたサーレムは、その感情の暴発がどこからきたものかわからなかった。「何か問題でも?」と訊ねた。

「何か問題でも? 何も問題はない。それが問題なんだ!」

サーレムは父親の癇癪《かんしゃく》にまた付き合いたい気分ではなかった。もう一度訊ねようと口を開いたが、言葉は出てこなかった。

「あれからずっと戻ってこれなかったのは、自分の家が見るも無残な姿になっていたらどうしようと思うと怖かったからだ。なのに、荒らされた形跡がまったくない。家は三年前から何ひとつ変わっていない。あいつらは、家なり農場なりにやってきて、俺たちを追い出す。そして自分たちのものにする。あのオリーブの木立を見てみろ。あいつらは一年中俺たち農家をせっせと働かせて、年の終わりになると完全武装してやってきて、オリーブを摘んでいく。いや、盗んでいく！　自分たちが軍事的には圧倒的に優勢だってことだけじゃもう飽き足りなくて、俺たちを平手打ちして屈辱を与えることに病みつきになってる。『俺たちはおまえたちのものを奪う。だから何だ。何かできるのか？』と言っているようなものだ」アブー・サーレムはそこで一息入れた。「いいか、今日こそは、俺たちに何ができるのか、目にもの見せてやる」と付け足した。「あいつらに馬鹿にされているのなら、今日はあいつらの誇りである警備を馬鹿にしてやる」

サーレムはそんなふうにその問題を考えたことはなかった。人の行動や発言について、父親はいつも独特の解釈を出してくるので、その人たちの本心は何だったのかを疑う癖がついていた。だが今回は、「目にもの見せてやる」と父親が言い放ったことで頭がくらくらした。

「十五分したら出てくるからな」アブー・サーレムは息子には表にいて見張っているよう指示すると、彼の家を急襲した夜に軍が開けた穴に体をねじ込んで入っていった。

続く十分間、サーレムはやきもきして、父親が言った言葉に苛《さいな》まれていた。そして、言いつけに背き、自分も穴に体をねじ込んだ。すると目に入ったのは、どんな破天荒な夢でも想像だにしなかった光景だった。

ワイヤーが、それも山のようにある。小さなチューブ、タイマー、小型携帯電話も二台。どうやら、それが鞄の中身だった。「父さん！　何だよ、これ？」とサーレムは叫んだ。

「爆弾だ」と答える父親の口ぶりはまるで、時刻を訊ねられて答えているといったふうだった。

「これをずっと鞄に入れて持ってたってこと？　どうなってるんだ。何をするつもりなんだ？」とサーレムは言った。

「家を爆破する」と父親は答えた。「自分の家にしておけないのなら、誰にも渡すものか」

「ふたりとも殺されちゃうよ！　自殺行為だ！　狂ってる！　家を爆破する？　父さんが自分で建てた家を？　みんなになんて言われると思う？　あいつ自分の家を爆破したんだとさって言われてもいいのか？」サーレムは次から次に質問を浴びせた。どの質問なら父親を心変わりさせられるのかわからなかったからだ。

「そうだ」とアブー・サーレムは答えた。人生で口にしたなかで一番つらい「そうだ」という言葉だったかもしれない。

「でもさ、父さん、誰のものになっていたって、ここは父さんの家だよ。あくまで一時的に奪われてるだけだ。遅かれ早かれ、また父さんの家になるじゃないか」とサーレムは強弁した。

「いいか、息子よ。人にはどんな言葉で伝えるかを工夫すればいいだけだ。俺が破壊しようとしているのは、力ずくで、同意もなく、俺から奪われたものだ。そして、ほかの手がすべてうまくいかなかったから、こうしている。もしかしたら、最初から俺が間違っていたのかもしれない。イスラエルがここを差し押さえると決めたその日に、家を壊してしまうべきだった。占領当局が認めた法廷やら訴訟やら審理会やらは、すべて見せかけでしかなかった。いまとなっては、あいつらにむざむざ奪われるままにはできない。違うか？」父親はそう主張し、それが筋の通った話かどうかはまるで気にかけていなかった。

「でも、父さんの家じゃないか！　父さんが建てた家だ！　どうして壊すなんてことを？」すっかり困惑して、サーレムは訊ねた。

「サーレムよ、確かに俺のまともな判断能力は損なわれている。占領下で選択肢があるというのは、かなり前から、選択肢を丸ごと奪われるよりもひどいことになっている。連中は俺たちに、よい選択肢ふたつのうちひとつ、あるいは悪い選択肢ふたつのうちひとつを選ぶことを無理強いしている。どちらの場合も、俺たちは苦しみ、犠牲を払うことになる。どちらかひとつを捨てなきゃならないという悪夢を抱えて生きることになるからだ。占領されていることよりも、そのことで占領が憎いし、ほかの選択肢がないことや、自分の手で運命を変えられないことが憎い。教えてくれ、あのユダヤ人入植者たちに家を奪われるままにして、一生過ごすべきなのか？　そんなことはできない。できっこない」アブー・サーレムは話を止め、自分が口にしたことを改めて考えた。紛争についてそんなふうに考えたのは初めてだった。今回の使命がもたらした閃きに、もしかすると息子よりも驚いていた。

遠くでは、朝早くから鳴く鳥の声と、犬が吠える声だけが聞こえていた。サーレムは決心がつかなかったし、父親の気持ちを変えることは不可能だということもわかっていた。少しのあいだ、父親を家から引きずり出そうかとも考えた。それはせず、父親のそばに腰を下ろし、ある手順に従って部品を組み立てていく父親の手つきを見守った。

「父さん、ほんとうにいいのかい?」サーレムはもう一度だけ訊ねた。

「これでいい」父親はさっと言い、手の震えをどうにか抑えた。

「自分が何をしようとしてるのか、ほんとうにわかってるんだね?」とサーレムはまた言い、いまにも爆薬が爆発するものと覚悟した。

「人生でこんなに確かな気持ちになったことはない。だから二、三分俺をひとりにして、外を見張っておいてくれ」と父親は命じた。

「わかった。気をつけて。日が昇ってきてる」とサーレムはせき立てた。

「光を怖れるとはおかしなものだな。夜明けが恐ろしいものになるとは。息子よ、いつもおまえには言っているだろう。あいつらは俺の家を奪った。俺の歴史、俺の根っこ、それに俺の土地を奪った。そしていまの俺を見てみろ、それを破壊しようとしている。こんなことをいつまでも続けさせるわけにはいかないし、ろくでもない政治家連中に任せておくわけにもいかない。いいから行け」とアブー・サーレムは言い張った。

父親との話が政治や政治家に及ぶと、サーレムは好きにはなれなかった。父親の洞察がときどきは鋭いのは認めても、政治の問題についての意見はあまり好きにはなれなかったし、爆弾を組み立てながらする政治の話となるとなおさらだ。数秒間ためらい、次にどうすべきか決めかねていた。そしてようやく、「気をつけて」というようなことをつぶやくと、そこを立ち去った。

十五分ほど経つと、父親は穴から出てきて、動き出すようサーレムに合図をした。彼は左手に携帯を一台持ち、明らかに空になった茶色い鞄を背負っていた。アブー・サーレムはそこで少し立ち止まり、家とその周辺をもう一度だけ眺めた。見渡すかぎり、緑が広がっている。そしてすぐ、ふたりともオリーブの小枝を引きずり、気をつけつつも素早い足取りで、やってきた道のりを戻っていった。

「父さん、どうして鞄を置いてこなかったんだ？」サーレムがおずおずとそう訊ねたのは、朝の最初の明かりのなか、無言のまま速足で十分ほど歩いたあとだった。

「置いてくるわけにはいかない。こっちにくるときに俺が茶色い鞄を持っているのを見た人がいて、戻ってきたときには手ぶらだったとなったら、怪しまれるかもしれない」とアブー・サーレムは答えた。前もって相当考え抜いていたようなその口ぶりに、サーレムはすっかり感心した。

「時限式？　それとも遠隔操作式？」とサーレムは訊いた。「家からできるだけ離れておかないと」と、あとから考えて付け足し、いまにも爆発音が聞こえてくるものと思った。

「心配はいらない。ちゃんと間に合う」とアブー・サーレムは言った。

「かなりの爆発になるかな？　ここからでも聞こえるかな？」と訊ねるサーレムの声には、不安がはっきりと滲んでいた。

息子の声に不安を感じ取ったアブー・サーレムは、家のなかでじっさいには何をしていたのかをようやく明かすことにした。「爆発は起きない……」

「何だって？　爆発は起きない？　どうして？　爆弾を置いてきたんじゃないのか？　どうなってるんだ、僕らや家族みんなをこんな危険な旅に巻き込んでおいて、何も成し遂げないっていうのか？」

「いや、いや。そうじゃない。爆発物は置いた。部品は組み立てたが、ワイヤーはつながなかった」

「何だって？」

「おまえの言うとおりだ。家を爆破するなんて狂ってる。だがな、爆弾はそこに置いておくことにした。あいつらに怖がってもらいたい。恐怖のなかで生きてもらいたい。俺たちがつきまとってるんだと感じてもらわないとな。イスラエル人たちには疑問を持ってもらいたい」アブー・サーレムは分離壁のほうを示しながら言った。

「父さん、そんなことにはならないって」とサーレムは言った。ほっとした気持ちを表に出さないようにしつつ、父親の思考の深さと機転の速さに驚いていた。「僕らは殺されていたかもしれない」と言った。

アブー・サーレムは詳しく説明した。「いいか、息子よ。占領の最悪なところは、連中は意図なんか気にかけないということだ。だから占領は悪なんだ。もしも、俺があの爆発物を持っているところを見つかったら、俺は撃ち殺されただろう――俺たちふたりとも撃ち殺されただろう。俺たちの意図が何かなんて確かめないだろうし、確かめたとしても、俺たちの言い分を信じはしないだろう。占領は悪だ。そう、占領は盗むし痛めつけるが、人びとに憎しみや、もっとひどいことに不信感を植えつけてしまう。だから、爆弾を置いてくるのはひとつのメッセージなんだ。俺は家を爆破できるが、そうしたくはない、ということだ。なぜなら、俺たちに対する立場が道徳的に正しいかどうか、人びとに疑問を持ってほしいからだ」

「おまえは俺の息子で、一番近い存在だ」とアブー・サーレムは言った。そこでひと息入れたが、父親からは相槌を求められていると悟ったサーレムは力強く頷いて、頭を少し右に傾けていた。「おまえは俺の息子で、一番近い存在だが、それでも俺の本心はわからなかった。俺に対する先入観があったせいかもしれない。俺は頭がおかしいんだってな」今度は、アブー・サーレムはひと息入れて相槌を待つことはしなかった。ともかくも、サーレムは首を横に振った。

「この疑念や不信感が続けば、そのうち人びとは疑問を持つようになるし、そうすれば答えにつながっていくだろう」

帰る道中、ずっと父親が微笑んでいるのがサーレムにはわかった。人生や抵抗についての哲学を言葉にして語ったせいだろうか。占領よりも自分のほうが一枚上手だと思っているせいだろうか。ついに、ほんのつかのまではあっても、自分の家に戻れたせいだろうか。それとも、自分なりのやりかたで復讐を果たしたせいだろうか。

＊

翌日、イスラエルの各紙一面の見出しにはどれも、アブー・サーレムのしたことが躍っていた。

イスラエル軍、大規模テロ攻撃を阻止

エルサレム——土曜日の朝、イスラエル国防軍はニリの集落にある家屋で発見した遠隔操作型の爆弾を解体した。負傷者は報告されていない。

爆弾は家全体を破壊できる大型のものだったと、軍の情報筋は認めている。

ネバーランド

タスニーム・ハンムーダ

重病患者たちに接することは、ずっと前から彼女の人生の一部になっていた。そして、死はいつものこと、日常の経験だった。彼女が懸命に努力し、心から願ったとして無駄だった。患者たちに愛着を覚えても役には立たなかった。名前を覚えることはあきらめたが、彼女は希望を捨てはしなかったし、懸命に努力することはぜったいにあきらめなかった。名前は思い出を生む。名前は愛着を形作る。彼女はそれをまったく求めていなかった。二度とごめんだ。でも、通り抜けていく小さな雲の数々から自分を引き離しておくこともできなかった。その子たちを放り出して病院の別の部署に移り、それほど深刻ではない患者たち、生き延びる見込みのある患者たちの治療にあたることはできない。彼女にわかるのは、自分が不思議な形で死と結びついているということだ。死の相手をして、毎日死と目を合わせ、毎日死に打ち勝とうとする、それが自分の定めなのだ。そして、毎回失敗した——しかも、惨めに失敗した。

誰の予想よりも早く、みんなの名前を覚えるよりも早く、死は病室にとまり、両方の翼を伸ばし、全員を奪っていく。一週間か、二週間か、長くてもひと月——すると、新しい顔が前の顔に取って代わる。顔は似ていて、名前は違うが、みんな同じ運命をたどる。

どの病室にも七人いて、彼女はみんな「坊ちゃん」か「お嬢ちゃん」と呼んでいた。毎晩九時に、順番に様子を見て回る。「坊ちゃん、注射の時間ですよ」と声をかけて、片腕を伸ばしてもらう。その腕に、彼女はほとんど触れない。子どもたちに注射をするときには、目を逸らしておくようになっていた。天井を見上げたり、そのあと確認せねばならない六つのベッドのさらに奥にある扉を見つめたりする。

最後のベッドにたどり着くといつも、同じ男の子が、微笑みを浮かべて待っていた。それがその子にできるもっとも力強いことだったのかもしれない。「坊ちゃん、注射の時間ですよ」男の子は一冊の本を枕の下に隠して、注射を受け、あとはひとりで眠る。彼女はしばらくぎこちなく立ち、その本を覗き見ようとする。男の子は枕のさらに奥に本を押し込んでしまう。二か月も、その繰り返しだった。こんな小さな子が、新しい顔がきてはいなくなるのを目の当たりにしなければならないのだと思うと、彼女の胸は痛んだ。その子が三回も四回も友達を代えねばならないことに胸が痛んだ。といっても、男の子に選択肢があるわけではないが。その子の世話を終えると、彼女は病室からさっさと出ていく。その夜の仕事は終わったのだ。

翌朝、彼女はまた現れた。またひとり、担当病室に「小さな子」が新しく移されたという緊急の連絡があったのだ。これで八人になった、と彼女は思った。また九時に、注射の時間になった。青あざのある腕が次々に差し出される。半分閉じた目が、天井をじっと見つめる。そして、様子を確かめるベッドはあとひとつ。

男の子のところに行ってみると、その子は本を胸のところで開いて、髪の毛のない顔は枕の端にのせ、顔に微笑みはなかった。彼女はそのそばにそっと腰を下ろし、本を手に取った。『ピーター・パン』、けっして大人にならず、終わることのない子どもの日々を、忘れられた少年たちの暮らすネバーランドという小さな島で過ごしている。

彼女は男の子の小さく冷たい両手にその本を戻した。男の子が結末まで読めたことを願った。

「しっかり寝てね、ぼ……小さなピーター・パン」とつぶやいた。

あっというまに失って

イルハーム・ヒッリース

彼にはわからないことだけれど、彼の声を耳にするたび、わたしの魂は跳び上がり、心臓の鼓動はものすごくうるさいドラムの不協和音になる。彼の姿を思い浮かべると、わたしの頭は相反する思いでいっぱいになる。彼の男らしさに、わたしは夢中になった。ウィットに富んでいて、鋭くて、口にすること耳にすることすべてを哲学的にする、魅力たっぷりの男の人。「わたしって、なんて幸せな女の子なんでしょう！」と、彼との電話を切るたびにわたしは高い声を上げた。「これこそ、ずっと夢見てきた男の人よね」それ以上は求めようがなかったけれど、彼がどこに住んでいるのかを訊ねようとはまったく思わなかった。どうして、わざわざそんなことを訊ねるのか。自分の街で出会う人はみんな、もともとガザっ子なのだとずっと思っていた――正直に言えば、そう思うように仕込まれていた。

「ああ、きみ……」彼が自分の生活についての実態を話してわたしにショックを与えるとき、その言葉をよく使うことを知った。「イーマーン、僕がどこに住んでいるのかはっきり知れば、愚かにも僕に関することすべてに恋したりなんかはしないはずだよ」ホッサームはそのいらいらする言葉を繰り返して、わたしの魂を動転させて狂おしい気持ちにした。そのときのわたしはまだ未熟で――いや、世間知らずだったのかもしれない――それがどういうことなのかわからなかった。

「でも、どうしてあなたがどこに住んでいるのかを気にしないといけないの？　ガザっ子なんでしょ？　わたしが希望を持ち続けるにはそれで十分だから」

純真だったわたしは、それ以上詳しくは知ろうとしなかった。

「あのね、ホッサーム」とわたしは言った。「わたしが求めてるのは、知性と口だけなの。わたしのことをよく理解してくれる、力強い知性と、それを言葉にしてくれる、表現力豊かで雄弁な口」

「ええと、それはどうかな。結婚したら、男の知性と口なんて女性にはどうでもいいんだろ？　僕が弁護士だってことを忘れた？　話をしてあれこれ操る、それが僕の職業の肝なんだよ」と、からかうようにホッサームは言った。

「わかった、そのことはいまは考えずにいましょう……。あなたがどこに住んでいようと気にしない、それだけ」とわたしは付け足して、腕時計を見た。午後四時四十五分。「いけない！　すぐに図書館から出ないと」わたしは携帯電話を切ると、外に駆け出した。

「港《ミーナー》までお願いします」と、タクシーの運転手にあわてて言った。

運転手は車を発進させて、何メートルか進んだところで止まって、ナスル通りに行く大学生を何人か乗せた。

「怒らないで。できるだけ速く走ってこの子らを降ろして、そのあとは行きたいところに連れていくから」と、年配で口の大きな運転手は言った。

「でも、ナスルはわたしの方角とは逆でしょう。どうしてわたしを乗せたの？」わたしは怒り心頭で言った。そして、もう言い合いをやめるために、絶望した声で「わかった。とにかく運転して」と言った。

父さんよりも早く家に帰れることを祈りつつ、窓の外をずっと見て、帰宅が遅れてしまった言い訳を考えた。毎日同じことを繰り返しているなんて、自分はなんてうっかり者なんだろう。中央図書館に二、三時間いて、ガーダ・アル＝サンマーンやバドル・シャーキル・アル＝サイヤーブやナージク・アル＝マラーイカといった、最近大好きになったアラブの詩人や作家を探している。そんなことになるなんて、思いもよらなかった。講義には出席しないか、出席しても後ろのほうの席に座って、ジブラーン・ハリール・ジブラーンやハリール・ムトゥラーンやミハイル・ナイーミーといった作家たちの本にかぶりついている。それは、男性にいままでされたなかでも最大の罪だし、いちばん愛しい親切でもあった。そうした作家たちのことを語るホッサームの口ぶりを、わたしはいつも羨ましくなり、もっともっと読もうという気持ちになった。彼が好きなものすべてに、わたしは恋をした。

深い物思いからはっと我に返ると、それまで来たこともない遠いところにいた。

「ここはどこ？　あの子たちをナスル通りまで乗せていくんじゃないの？　いまはどこな

の？」わたしはあわてふためいて問いただした。「申し訳ないが、そのまま進むしかなかったんだ。ガソリンが切れかけていたから。ガソリンスタンドはここにある。すぐに戻るよ」運転手は車から降りながらそう言い足した。「何か音楽をかけておこうか？　ムスタファー・カーメルが何曲かある。すごくいい歌手だよ。別の歌にしようか？　彼の歌でいちばん好きなのは何だい？」

　それ以上何も言わせまいと、わたしは黙ったままひと言も発しなかった。やきもきして、車のなかにずっといるのが怖くて、窓の外を見て運転手が忙しくしているのを確かめた。タクシーから走って出て、初めての通りを歩いていった。

「わ。もうすぐ五時だ。こんな狭い通りで、別のタクシーなんかつかまるのかな？」泣きそうだった。この小さな土地で迷子になるなんて、どうしたんだろう。

　西に向かってそのまま歩いていった。小学生の男の子たちがけんかしているのが目に留まった。思わずそれを止めて、訊ねた。

「坊やたち、ここの名前は何ていうの？」

「シャーティ難民キャぁぁぁぁンプだよ《モアスカ〜〜〜〜ル・アル＝シャーティ》。知らないの《ムシュ・アルファ》？」と、ずんぐりした男の子が叫んだ。

「わかった。どうして怒ってるの？」

「この犬が俺の半シェケルを盗んだんだ《ハーダル・カルブ・サラグ・ノッスィ》！」

「ぼくのだよ。母ちゃん《ウンミー》がくれたんだ」と、小柄なほうの子が応戦する。

　男の子たちのなまりを耳にして、わたしは微笑んだ。わたしが言うときは「母さん《ママ》」、いつだって「母さん《ママ》」だ。

「じゃあ、代わりに一シェケルあげる」わたしは怒っている男の子に言った。「だからけんかはしないで。いい?」と、男の子の口ぶりを真似しようとした。うまくできなかった。

「へへへ！　神は盗人をどう罰するかわかるか《シャーイフ・ジャザト・イッリー・ビィスリグ》？　半シェケルの代わりに一シェケルもらったぞ《ハーイ・シェーケル・バダランノッス》！」と男の子は友達をからかいながら大笑いして、まるまる一シェケルもらったことを信じられずにいた。

　パレスチナ難民の苦しい生活についてはずっと耳にしていたけれど、難民たちが住んでいるところに入るのは初めてだった。シャーティ難民キャンプは、ミーナー地区からそう遠くないのに、遠すぎるのだとずっと信じ込まされてきた。

　そうした思いにふけりながら、難民キャンプの舗装のない道路をさらに奥に歩いていった。わたしを乗せて家まで連れていってくれそうなタクシーは見当たらない。道の両側には、家とは呼べないようなむさ苦しい建物が並んでいる。いちばん大きくても、せいぜいが百平方メートルくらいだ。箱のような、美しくはないつくりで、ペンキも塗られていないし、崩れかけている。窓のほとんどは割れていて、ガザの夏の暑さが室内に放射され、住んでいる人は冬の寒さも雨水も防ぐことができない。ひと筋の流れる水が、アナコンダのように路地をふたつに分けていた。いやな臭いがあたりに立ち込めていた。

　じきに、下水が家のひとつに入りかけている、不快な場面に出くわした。家のほとんどの屋根は、貧相な金属か木のかけらで作ってあって、水を防ぐのは無理そうだった。もし、隣り合う二軒の家が一メートル半離れていれば、隣の人たちのいびきを夜に聞かずにすむのだから十分恵まれている。どれくらいのプライバシーを、ここの人たちは守れるのだろう。そしてわたしは思った。人間として不可欠なものをこれほどまでに奪われた人たちにとって、プライバシーはどうでもいいことなのだ。それは贅沢品で、この人たちには手が出ないのだと思えた。扉の奥か前にかけてある敷物の布がなかったら、歩いて通りかかるだけでも家のなかが見えてしまう。

さらに歩いていくと、二軒の家のあいだに一本だけあるナツメの大木の下に座っているふたりの年配の男性と出くわした。ふたりは小さな木製の椅子に座っていた。道を訊ねたかったけれど、ふたりの会話に耳を傾けることにした。できるだけゆっくり歩いた。

「こんなブドウが十キロあったたって、俺たちの村イブナのブドウひと房のほうが百倍も美味しい。だよな《ヤー・ザラマ》」と、男性のひとりは黒いブドウを食べながら言った。

「神に誓って《ワッラー》、そのとおりだ。神の慈悲が我々を包み、生きているうちに村に戻してくださいますように」と、もうひとりが言った。

「おまえのひげも、すっかり白くなったな！」

「神はもっとも力強い御方。神の思し召しがあれば《インシャーアッラー》、村をこの目で見られるだろう。もしその前に死んだとしても、天国であのブドウを少しもらえるよう神にお願いするよ」

ふたりの声が、次第に遠ざかっていく。わたしはガザの西側に向かってさらに歩いていった。じきに、家がある海岸沿いの道路に出た。衝撃だった。自分が住んでいる地区が、難民キャンプのすぐ近くだったなんて。初めて、見慣れた顔や見慣れた建物や店を見ても安心した気持ちにならなかった。そのとき、あの人たちと——わたしたちとの違いを悟った。立ち止まって、毎日当たり前のように目も向けずに通り過ぎている家や建物をじっくり見つめた。二階建ての家。三階建ての家。四階建ての家。どれにも、大理石の壁がある。どれも、正面は大きなガラス張りになっている。わたしたちの地区の通りは広い。すごく広い。七つか八つある、十五階建ての建物の影は、太陽が海に沈んでいくころには長く延びて、難民キャンプの底知れない部屋の数々を飲み込んでいるにちがいない。

わたしの心を奪ったのは、そうした建物の壮大さではなく、そこにある根本的な落差だった。清潔で、計画性のある土地が、難民キャンプから百メートルと離れていないところにある、その断絶の悲劇が心を苛んだ。いい服を着た男女が何十人と入っていくデイラ・ホテルでは、オープンビュッフェの結婚パーティーを開くだけで四〇〇〇ドルから五〇〇〇ドルかかる。それだけあれば、難民の一家に新しい部屋を作ってもお釣りがくる。ほんの二十年前には、わたしたちはみんな平等に暮らしていたのに、いったいどうしてこれほどの溝ができてしまったのだろう。

輝かしい黄昏の風景は、あと数分もすれば日没《マグリブ》の礼拝の呼びかけがあることを告げている。家の表に父さんの車がまだ停まっていないのを見て、安堵のため息が漏れた。家に駆け込んで、忍び足で二階に上がると、あたりを見回して、どんな物音にも神経を尖らせた。

「どうして毎日同じことで叱らなくちゃいけないの？　まったく心の冷たい子だね。心なんてあるのならの話だけど！　いつになったら大人になって、責任ある行動ができるの？」母さん《ママ》はいつもの説教をぶちまけてきた。「お父さんはまだ帰ってきていないけど、あなたが五時半に帰ってきたらどうなるのか、考えてみて、ちょっとは想像してみなさい！　遅く帰ってこれるのはこれが最後だからね。次からは父さんに言いつける。そうすれば、どうなるかはわかるよね……」と、甲高い声で話を続けた。

愛しい母さんは、叱り方がいつも同じで、次やったら父さんに言いつけると毎回言ってくる。でも、言いつけたことは一度もない。一時間もして、わたしが皿洗いとか家の手伝いをしてあげれば、怒っていたことはすっかり忘れてしまう。世界じゅうの母親には同じ母性の遺伝子があるから、子どもが悪いことをしてもぜんぶ忘れられるのかな、とわたしはいつも母さんに訊ねていた。「赤ちゃんを産めばわかるよ」というのが、母さんのお決まりの答えだった。

わたしは部屋に閉じこもって、自分が目にした光景をひとつひとつ思い返していた。そのとき、どうしてもホッサームに電話したくなった。

「彼も、もしかして……」それを想像し続ける勇気がなくて、安心したくてホッサームの番号にかけた。着信音が鳴っているあいだ、もし彼が難民キャンプの出身だったとしても、どこに住んでいるか教えてくれなかったことは許そう、と自分に言い聞かせた。

「お父さんにこっぴどく叩かれた？」とホッサームはふざけた口調で言った。

「まあ、もしそうなっていたら、いまあなたと話なんてできないでしょ。いつものように、母さん《ママ》に救われた」とわたしは返した。

「ママ？　もう大学生なのにママって言っているのかい」と彼はまたふざけた。「母《ウンミー》ちゃんっていうんだよ」と付け足した。

それで腑に落ちた。聞こえている彼の声は、ついさっき会った人たちと同じ響きだった。「なんてこと、どうしていままで気がつかなかったんだろう。あなたの言葉遣いって、難民キャンプに住んでる人たちにときどき似てる」

「何が言いたいんだい？」と彼は訊ねた。「毎日グーグル検索して、僕の住んでるところについて新発見でもあった？」

「あなたは難民なのね。だから、わたしには秘密にしていた。ホッサーム、難民だというのが恥ずかしいことだとわたしは思わない。話して。どんな現実でも、わたしは受け入れる準備ができてるから」

「おや、ほんと？　準備ができてるって？　僕を受け入れるのは、きみの威厳にとっては譲歩なんだって言いたいのかい？　ガザっ子のきみにとっては？」

「あなたのすべてを、わたしはすでに受け入れてきたでしょう。あなたには、ありのままの自分を愛してほしいだけ。自分を隠したりしないで」

ホッサームは深いため息をつくと、話し始めた。「そうだよ。僕は難民だ。この難民キャンプのすべての場所とすべての木にかけて誓う。このキャンプの空と空気にかけて、僕は難民だって誓う。ヌセイラート難民キャンプに住んでいて……」

「そう、それは地理で習った。ハーン・ユーニスとデイルルバラフの近くでしょう？」わたしは無邪気に言って、彼の感動的な話を遮った。

「本気で言ってるの？　その難民キャンプには行ったことがないみたいだね。ザフラ市の向こうだよ。ハーン・ユーニスからは遠い」

ホッサームはガザ地区のすべての土地について詳しいようだった。一方のわたしは、ほんの一時間前に、自分の家から数百メートルしか離れていないシャーティ難民キャンプで迷子になったという話をする気にはどうしてもなれなかった。だから、自宅のすぐ近く以外は行ったことのない女の子には、ヌセイラートがどこにあるのか知っているとは期待されていなかった。

わたしはできるだけ冷静に振る舞おうとした。それでも、その地区を想像するだけで苦しかった。果てしない疑問の数々が、頭のなかに流れ込んできた。彼と結婚すれば、そこと似た場所で暮らすことになるのだろうか。ヌセイラート難民キャンプは、わたしが通りかかった難民キャンプと似ているのだろうか。

パソコンのあるところに急いで行って、そのキャンプの名前をグーグルアースに入力した。いくつか出てきた画像からは、シャーティ難民キャンプよりもかなりましなところだとわかった。「わたしって、なんてばかなんだろう……彼は結婚のことなんて一度も口にしていないのに。どうして、彼が夫になるなんて考えるんだろう？」と思った。

思い切って、難民の男性がわたしに結婚を申し込むのを父さんは認めると思うか、と母さんに訊いてみた。母さんは小声で言った。「夢でも見てるの？　父さんはその人がもともとどこの出身か知りたがるはず。ガザの人じゃないとだめだから」

絶望のなかに投げ込まれ、わたしは自分の部屋に戻って、わたしたちが不公平な生活水準を守らねばならないことを呪った。

＊

そして、いま。四年が過ぎて、わたしは別の難民男性の妻となっている。そしてまだ、ホッサームのことを思い出す。わたしが成長して、夢から現実へと導かれるなかで、ホッサームはずっと欠かせない存在だった。

一か月前、ホッサームとやりとりするのに使っていたEメールのアカウントを確認してみた。彼からの未読メールが一通、わたしを待っていた。受信してから二か月が経っていた。彼の名前を見て、わたしの目にはどっと涙があふれた。

親愛なるイーマーン、

きみが結婚して、きみを別の男に奪われてから四年になる。その男のことは何ひとつ知らないけれど、彼のことが心の底から憎いよ。どうしたって、きみのことが忘れられなかった。きみを失った自分のことが許せなかった。頑固な男が落ち着くのに四年で十分だなんて、僕は思ってもみなかった。

イーマーン、きみとの交際をもう終わりにすると決めたときの僕は、僕やきみのお父さんや厳しい世界からきみを守るためにそうするんだって言い張っていた。それは嘘だったんだと思う。お父さんのところに行って、きみと結婚したいと申し込むことが、恥ずかしくてできなかった。手に入れたものなんてほとんどないのに、拒絶されたくないという傲慢な気持ちがあった。いまになってようやく、きみはすべてを賭けるにふさわしい冒険だったんだと気がついた。

親愛なるイーマーン、僕はなんて愚かな男なんだろう。きみのお父さんの扉をノックして、「娘さんと一緒になりたいです」と言う勇気がなかったなんて。五万ドルのベンツに乗っているガザっ子に、娘と結婚したいと思い切って言っても、家から叩き出されるのがおちだろうと思っていた。そのときは、そう想像することに耐えられなかった。僕はなんて愚かなんだろう。なんて愚かなんだろう。

ホッサーム

ぼくのパンなんだ

タスニーム・ハンムーダ

「ここにあるパンをどうやって手に入れたと思う？　もう伝説級なんだぞ」と小さな木の椅子に立った小さな男の子は高らかに言った。「ぜったい手に入れてみせるって誓ったんだ。そして手に入れた」と男の子は自慢した。

街のあらゆる角や道やスラムから集まってきた友達がじっと耳を傾けた。小さな男の子は、約束したとおりパンを取り返してきたいきさつを鼻高々で語った。売り子のカートにのったパンが街のあちこちを練り歩き、抗いがたい香りを残していくのを、みんなは何日間も見守っていたのだ。それは、彼らの両親や祖父母が長年かいできたが、一度も手に入れられなかった香りだった。

男の子は話を続けた。「体のでっかい、年寄りの男だった。あんなでかいやつ見たことなかったよ。黒と白が縞になった、変な模様の布を頭にかぶってて……」

「クーフィーヤっていうんだぞ。そう言ってるのを聞いた」と、友達のひとりが口を挟んだ。

「シッ！　みんなに知られちゃまずいだろ」男の子はその友達に顔を近づけて耳打ちした。ささやかな聴衆は一斤のパンにすっかり見とれていて、ふたりのこそこそしたやりとりには気がついていなかった。男の子は頭にかぶったキャッパーを直すと、話を続けた。「そいつを昼も夜も見張ったんだ。小さな木の手押し車に、ふつうのパンだよって感じでそのパンを置いててさ。ぼくらのパンがそんな目に遭ってて、心から血が流れる気がした。でも我慢してじっと立ってたら、いまがチャンスだっていう瞬間がきた。ゆっくりそいつのほうに歩いていって、パンをつかんで走り出したんだ。年寄りの声が追いかけてきた」

「追いかけられたのか？」と、人だかりから声がした。

「年寄りは最初は動かなかった。そんなことになるなんて思ってなかったのかも」

もし、男の子が続きを話していたなら、仲間たちにはあまり面白くはない話になっていたかもしれない。男の子は自分で思っていたほど足が速くはなく、捕まりそうになって、助けてほしいと警察官に泣きついたのだ。警察官が、老人の懇願を聞き入れずに、妥協するよう言って譲らなかったことを、男の子は話さなかった。警察官は男の子にひとかけらだけあげて、残りは老人に返した。それでも、男の子がにんまり笑う口にパンを持っていき、大きなひと口を頬張ってみせると、仲間たちはさらに魅了された。

「それでどうなった？」と誰かが訊ねた。

「年寄りでぜいぜい息してるからかわいそうになってさ。ぼくみたいな年下のやつに負けてきっと悔しかっただろうな」男の子はくすくす笑って、盗んできたパンではなく究極の勝利によって喉を詰まらせた。「かわいそうになったって？　パンを返したくなったのか？」と、好奇心からの質問が飛んできた。

「いや、こっそり戻って、残りも取ってきた」と小さな男の子は言うと、老人のパンを残らず頬張った。

かつて、夜明けに

シャフド・アワダッラー

いかにも冬らしく、真っ暗な夜だった。むっつりとした暗闇が黒い毛布を大きく広げ、ガザの狭い通りや眠る人びとを包んでいた。

その夜はしんと静まり返り、イスラエルによる戦争、すべての心と魂に深い傷を残した戦争の悲しき二周年を迎えたガザに同情して、うやうやしく振る舞っているのかとすら思えた。私は眠っていた。もっと正確に言えば、眠ったふりをしていた。すると、塩っぽく温かい涙がひと粒、頬の上のほうをなめらかに伝っていって、ぷるぷる震えつつ耳の端に落ちて旅を終えた。その涙は白く冷たい枕に静かに沈み込んでいった。孤独なそのひと粒に続いて、数え切れない涙が洪水となってどっと流れ、心からの悲しみを表した。それで私は息が苦しくなった。濡れて塩っぽくなった枕からどうにか逃れようと起き上がったものの、記憶と人生のすべてを占めている あの憂鬱な思い出の数々から逃れることはできない、と心の底から確信していた。

皺の寄った白い一枚の紙と、一本の黒いペン。起き上がってまず目に入ったのがそれだった。

ベッドの左側にある、物が混み合った蜂蜜色の机に置いてあった。私は机の前に座って、右手で紙を、左手でペンをつかんだ。「悲しみに挑むいいチャンスだ。いつもみたいに失敗すれば、さらに苦痛を抱えて、さらに眠れない夜を生きることになる」それが、疲れてぼんやりした頭と痛む心が、私が言葉で自分を表現する能力を失ってからずっと訴えてきたことだった。かつては称賛の的だったその能力は、ペンを持って書くチャンスがあればいつも私を支えてくれたのに。今夜、私は魂が呼びかける声に従うことにした。落ち着いていて平穏なその声は、あの夜に私が失った無垢な子どもに手紙を書くよう呼びかけてきた。

街灯から発せられるオレンジ色の光が筋になって、夜闇の神聖さに大いなる厳粛さを加え、それと溶け合って燃えるような新しい色を作り出している。意外にも、私は息をのんだ。その色は開けておいた西側の窓からするりと入り込み、私が座って動かずにいる机にも当たっていた。その光の筋は私の魂を照らし、新しい紙を手に取って手紙を書き上げたいという気持ちに火をつけた。私の致命的な過ちを認め、心から悔やんでいると告げることで、心を苛んでくるこの後悔を取り除くのだ。ついに、私は紙にペンを当て、つながった黒い線で純粋な白さを汚すと、やがてそれは手紙の文字の形になった。

愛する息子へ、

あなたには、ここに書く言葉をひとつ残らず読んでほしいと思う。だって、私はこの物語を心に秘めておくことはもうできないから。今度こそ、手紙を書き上げると誓う。破いてしまわないと誓う。あなたには、何があったのか理解してほしいから。死んだとき、殺められたとき、あなたは眠っていたから、私が説明してあげなければ。思い出のひとつひとつが私を苦しめて、あの呪われた夜のことを思い出させてくる。

寒い夜のことだった。思い出せるかしら?

数秒が過ぎ、答えは返ってこなかった。私はおとなしく手紙を続けた。

きっと思い出せるはず。ほんとうに寒かった。あなたは私のそばで寝ていた。あなたの温かい息が、私の首と顔に当たっていた。あなたの鼓動は和音のように繊細だった。私はそれにには慣れていた。その柔らかな演奏をまずは感じつつ、完璧に作られたあなたの目鼻立ちを眺めないと、私は眠れなかった。その夜、あなたを失ったとき、私はその無垢さを失った。そんなことあるかなと思っているでしょう? それは絶対にほんとうなのよ。

もう一度、待ってみた。でも、息が苦しくなった私の言葉の残骸、口にしないままだった言葉しか、そこにはなかった。私はまた書き始めた。

私たちはみんな――あなたと私、私の両親と兄弟姉妹――家の食事室で眠っていた。その部屋が一番安全だろうと思っていた。なんてこと! それは間違っていた。何日か前の夜に、それぞれの部屋ではなくみんな一緒に食事室で寝ようと父さんが言い出した。みんなの部屋には窓があって、ガザを昼夜支配している爆撃があったら割れてしまうかもしれないから。私たちはみんな食事室に移った。

風がそっと、後ろにある窓から吹き続けていた。窓を開けて眠るのが習慣になっていた。死の匂いを自分から取り除き、孤独を思い知らせてくる墓場のような静けさから逃れるためだった。あれこれ思い起こして、息子が答えてくれるのを待つという狂ったことをしていると、体が震えた。凍えるような冬の闇のなか、西風は私を大理石のかけらに変えた。風が純粋な翼を広げてくれて、しばらくは清められる気分だった。でも、その試みもすべて無駄だった。私は傷ついたままだ。

雷が鳴り、雨が降り始めた。小さな結晶のような雨粒が、風で筋になって部屋に入り込み、私に軽く当たり、首の肌を伝っていく。私はまた身震いした。細かく震える空気を泥っぽい大地の匂いが満たし始めると、ほんの小さな笑みが口元からこぼれた。

いまは雨が降っている。あの夜の数日前は、うるさい雨の音しか聞こえなかった。雨を浴びて座っているあなたの絵を描いたとき、それがどんなに可愛らしかったか。でもほんとうは、その日のあなたは雨を浴びてはいなかった。髪がなくて、寒かったから、あなたは苺色の唇と子どもっぽい顔で、甘える子猫のような見た目で座っていて、凍りつくような窓に息を吹きかけていて、白くなったところに自分だけの世界を作って、小さな指でその上になぐり書きをしていた。湯気で新しい世界を描いて、それを繰り返しぐしゃぐしゃにしては、心の底から笑っていた。その瞬間、私も同じ雨の音と同じ土の匂いを楽しんでいた。髪のない頭に雨がぽつぽつ当たるたびにくすくす笑うあなたを、どんな細かいところも逃さずにスケッチしていた。

私から煽るような笑顔を向けられて、「はげのちびさん」と呼ばれるのを、あなたは嫌がっていた。泣き出して、私の胸を痛ませることもあったし、可愛らしく笑うこともあった。どうしてかはわからないけど、あなたのことを「はげのちびさん」と呼ぶのが私は好きだった。いま、あなたは泣いているかしら。それとも笑っているかしら。もう一歳年上になって、はげと言われたらうれしくなるか、怒り出すか、どっちなのかわかればいいのに。

その絵のなかでは、あなたの頭に何滴か、まつげにも何滴か雨のしずくがついていて、かすかに震えている。きらきらした黒い瞳のあなたは、濡れた草の上に座って笑っている。私がその雨を好きなのと同じように、あなたはその絵が好きだった。あなたのきらきらした瞳と、うれしそうな笑顔を失ったあの夜、私はその絵を失った……。

ふた粒の涙が、目の両端に閉じ込められていた。それがついにあふれ出した。

その夜、午前四時五十分、私の目覚まし時計から歌謡曲が穏やかに流れ出した。命を落としても悲しまないで、ぼくは天国にいるから、と母親に呼びかける歌だった。昔から好きな曲だったけれど、あの夜の出来事があってからは違う。いまは聴くと吐き気がしてしまう。あなたや、部屋で寝ているほかの人たちを起こさないように、アラームを止めた。起きて、夜明けの礼拝の前に祈ろうとした。あなたはぐっすり眠っていた。部屋のほかの人たちは、二週間にわたってガザの上空を滞空飛行していた何十機という戦闘機の低い音のせいで不眠の日々と闘ったあと、深く眠っていた。暗闇がその場を支配していた。私は懐中電灯をつけて、床で寝ている兄弟たちを踏まないようにした。そっとそこを抜けて、礼拝の準備をして、自分の部屋に入ると、切ない気持ちが襲ってきて、溶けてしまった過去やこれからやってくる輝かしい未来について物語を語って過ごした長い夜や昼のことを思い出した。その夜、未来は朽ちてしまったように思えた。希望が薄らいでいるように。あなただけが、私に希望を与えてくれた。あなたの未来だけが、私の未来に目標を与えてくれた。

礼拝を始めて、家族と家庭をお守りくださいと神にお願いした。礼拝を終えるほんの少し前に、強烈な爆発で建物が揺れて耳をつんざき、礼拝の敷物から何メートルも離れたところに飛ばされた。その爆発は、家のなかでも外でもガラスが砕ける恐ろしい音と一体になっていた。ひどく怯えた私は、あなたと家族がいる食事室のほうに走り出した。家族全員が起きて懐中電灯を持ち、恐怖で本能的に走って、みんなが無事かどうか確かめていた。

小さな切り傷だけだった。何秒かすると、みんな落ち着きを取り戻して、暗闇と静けさの神聖さがその場を支配した。あなたは眠ったままだった。正直に言うと、その姿を見て私は微笑んだ。あなたは気にかけていなかった。私の母はまだ心配していて、隣のアパートメントに住んでいる叔父の家に一緒に行って、みんなが無事か確認してほしい、と私の兄に頼んでいた。母と兄がアパートメントの扉を開けたそのとき、叔父も自分のアパートメントの扉を開けた。「心配いらない。みんな大丈夫だが、あれは何だったんだ？　あいつらは何を狙ったのか……」と叔父さんは言った。それを言い終わらないうちに、さらに大きな爆発が、アパートメントのあいだにある階段で起きた。

建物全体が揺れた。白い埃が舞い上がって、そこらじゅうを覆った。瓦礫がアパートメントにすごい勢いで飛び込んでくる。扉の蝶番《ちょうつがい》は外れてしまった。みんな動揺していた。そして、あなたはまだ眠っていた。わずかなあいだ、私はあなたのことを忘れてしまった。母が叫びだした。「シャハーダを唱えて、階段を下りなさい！　建物から出て！　ミサイルが私たちを狙ってる！」

私はペンを置き、疲れ果てた頭に押し寄せるようになった痛ましい記憶の洪水を止めようと憂鬱な努力をした。息子に許してもらうには、包み隠さず知らせるべきだ。私は書き続けた。

母の言葉が耳に残っていた。「シャハーダを唱えて、階段を下りなさい」でも、私はすぐには下りなかった。あなたを連れ出そうと食事室に向かおうとしたけれど、その前に自分の部屋に入って、最後に部屋の様子を頭に刻み込んだ。いまではすっかり乱雑になった教科書が、醜い戦争の終わりを待っていて、二年前にあなたの父さんが殉教したあとに私が大学に入学してからしていたように、また手に取ってほしいと訴えてくるのがわかった。物だらけの本棚、クローゼット、礼拝用の敷物、そして赤い眼鏡までが見えた。すべてがあちこちに散らばっていた。母の声が強くよみがえった。「シャハーダを唱えて、階段を下りなさい」私は何にも気がついていなかった。部屋を出て、あなたを連れ出そうと食事室に向かう途中、幼いいとこたちが泣きながら、階段を下りるのではなく私たちのアパートメントに入ってくるのが見えた。ものすごく暗かったうえに、いとこたちは大声で泣いていた。「そこで何をしてるの？　どうして下に行かないの？」と私はそのひとりに訊ねた。その子は震える声で「懐中電灯がなくて、何も見えない」と言った。ひとりが別の部屋に入ったので、暗闇のなかでそのまま置き去りにされてしまうのでは、と私はすごく心配になった。「子どもたち、ついてきて」と言って、いとこたちを素早く連れ出した。「歩けない。石が当たって足が痛いんだ。靴をはきたい」とひとりが言った。「ぼくの靴を持ってきて、お願い」

「時間がないの。あとで持ってきてあげるから」靴を取りに戻るなんてまず無理だろう、と私は思っていた。

私たちが出て数秒後、三発目のミサイルが三階に命中した。私たちがいたところだった。

「ママ、ぼくはそこにいたよ。ママが置いていったんだよ。ママ、ぼくはひとりぼっちで、一緒にいるのは涙と悲しい泣き声だけだったよ」

息子の声が、私の耳を貫く。寒気が全身を走って、私はペンを落とした。衝撃だった。息子が目の前に座っている。白いガウンを着て、頭はつるりとしていて、きらきらした目で私の潤んだ黒い目を見つめて、笑顔でこう言っている。「ママ、ぼくは家でひとりだよ」私はその衝撃を受け止められず、しばらく静かにしていて、息子のぼやけた姿を見つめ返していた。

自然の怒りが勢いを増した。雷鳴はさらに大きくなってきて、西風も強くなり、稲妻が部屋を照らすと、私の息子は白く輝く亡霊のようで、目が燃え上がっていた。私が何も言えずにいると、息子の声はさらに静かになり、同じ言葉を繰り返した。「ママ、ぼくはひとりぼっちだったよ。ママ、ぼくはひとりぼっちだったよ。ママ……」そして、消えた。

私がまったく動かず、何も言わずにいると、やがてそよ風が体に吹きつけて、我に返った。ためらいつつ、またペンを手に取った。最後まで書き続けようと心に決めて、私は書いた。

私たちが近所の人の家に三分近くいて、私たちの家の物語に終止符を打ったミサイルを待っていると、夜明けの礼拝の神聖な呼びかけが、そのつらい時間に割って入った。「アッラーはもっとも偉大なり、アッラーはもっとも……」F-16戦闘機のミサイルの巨大な爆発音が、礼拝の呼びかけを消し去り、私たちの耳をつんざいた。体が苦痛でぐったりして、「なくなってしまった」と私はささやいて、数秒後、近所の人の家を出て、火山のように燃えている自分たちの家を見た。火だけがあった。私は何も考えなかった。何も言わず、何もせず、ただ人生の思い出が燃えているのを見て、心が消えかけたような気持ちでいると、突然、あなたの絵が胸をよぎった。あなたの名前を呼びながら、わっと泣き出して、燃えている建物に向かって思わず走り出したら、父に片腕をつかまれて、それ以上近づかないようしっかり止められた。あなたはもう死んでしまった、と父にはわかっていた。あの炎のなかで生き延びられるものなんてないし、十三キロちょっとの柔らかい肉体はまず無理だ。まわりでは、消防車や救急車の助けを求める叫び声が響いていた。あまりにむごい光景だった。私は気を失った。

　その夜、私はあなたを失った。病院で目を覚ましたとき、あなたのことを思い出した。あなたと、あなたの父さんが殉教して、わたしはひとりぼっちになるのだと悟った。あなたはひとりぼっちで、私もひとりぼっち。あなたはこの先もひとりぼっちのまま。私もこの先ひとりぼっちのまま。あなたはひとりぼっちで死んだし、私もひとりぼっちで死ぬだろう。その夜、私はあなたの温かい息、和音のような心臓の鼓動、そして可愛らしい笑顔を見落とした。その夜、私は息子を失った。

ペンがそっと倒れ、どっと涙があふれてくる。頭が重々しく机に当たり、私は哀悼の涙を流した。舌は「ひとりぼっち」という言葉を繰り返して、その夜の静けさのなかに群れをなした。耳には、母のささやき声だけが聞こえていた。「かわいそうな娘」と母は言った。「まだ嘆き悲しんでいる。毎晩書いているけれど、死んだ人たちはもう戻ってはこない」

母はささやき続け、私は嘆き悲しみ続けた。「私たちは一緒に生きて、あなたはひとりぼっちで死んだ」

老人と石

リファト・アルアライール

「……それでだな、俺が死んだらこれも一緒に葬ってもらいたい。それが遺言だ。もうずいぶんと肌身離さず持っている。目に見えないところに置いたり、ポケットの外に出したことはない。サーデク伯父さんを覚えてるか？　神よサーデクの魂に祝福あれ、お前が五歳のときに亡くなった人だ」とアブー・ユーセフは言い、ほんの一瞬言葉を切って息を整えた。息子のユーセフには答える隙を与えたくないと心底思っていた。人生で学んだ知恵のかけらはふたつあった――物事に対するアブー・ユーセフの情熱を子どもたちは絶対にわかってくれないし、わかってくれたとしても、子どもたちの意見はたいてい思慮の浅いものでしかない。

「なんとなく覚えてる」結局、ユーセフは口を挟んできた。

「これをエルサレムから持ってきてくれたのが伯父さんだ。俺のことを頭がおかしいと思っていた。エルサレムに行ったら石をひとつか、砂をひとつかみ持ってきてほしい、とずっと頼んでいた俺を馬鹿だと思っていた。エルサレムのこととなれば、俺は馬鹿じゃないし、冗談も言わない」息子の気が散っているのを見て、アブー・ユーセフは肘で小突いた。

「父さん、どうすればそんなことできるの？」と、ユーセフはまた口を挟んだ。

「そんなこと、とは何のことだ」

「そこまで情熱たっぷりに物語を語ること」と言う息子は、半分冗談で半分真剣だった。

「そこで、一緒に葬ってほしいと言うからには一緒に葬ってほしい。ちゃんと俺の手のなかに入れてくれ。俺の手はそれを落とさないはずだ。でも、もし手から落ちてしまうようなら、手のひらに縛り付けてくれたらいい」と、老いた男は息子の言葉を無視して続けた。息子の冷やかしに気がつかなかったのか、あるいは気がつきたくなかったのかもしれない。

「父さんはまだ若いじゃないか。なのに死にたいと思うなんておかしいよ」と、ユーセフは返した。

「それから、みんなにはちゃんと知らせるんだぞ。秘密なんかじゃない。秘密にしておくべきでもない。きっとおまえは、父親は頭がおかしいんだと考えて、石のことを人に話したがらないだろう。でもな、伯父さんはこの地上を歩いたなかでもとびきり頑固な男だったが、その伯父さんがついには納得して、この石を持ってきてくれたんだ。もしかしたら、俺にしつこく言われるのを終わりにしたかったのかもしれない。石ほしさに俺が家を出てエルサレムまでの長くつらい旅に出るなんてごめんだと思ったのかもしれない。理由はどうでもいい。俺のために石をひとつ持ってきてくれたんだ。エルサレムからな。エルサレムの石だぞ。おまえが毎日会う連中なんかより、俺ははるかに上だ。エルサレムの一部を持ってるからだ」老人はそう答え、

「エルサレム」と口にするたびに声を上ずらせた。

「父さん、エルサレムを愛してる人たちがみんな、石や岩をひとつずつとか、砂をひとつかみずつ持っていったら、エルサレムはもうなくなってしまうよ。エルサレム不足になってしまうじゃないか。写真が一枚あれば、物のせいで面倒なこととか恥ずかしいことにならなかったはず……」

「物なんかじゃない」と、老人は条件反射のように口を挟んだ。

「じゃあ何?」とユーセフは訊ねた。

「石だ。物じゃない。石なんだ。エルサレムから持ってきた……」とアブー・ユーセフは言い、説明する声にはかすかに苛立ちが滲んでいた。

「わかった、わかったよ、父さん。わかった、石だね。大切な石!」ユーセフは大声で言った。

「写真と石では大違いだ。エルサレムの雨、暑さや寒さ、土や匂いにさらされてきた、それが石だ。この石はエルサレムだ。エルサレムそのものだ」そう応じる老人は、今度は言葉のひとつひとつに力を込め、言葉のあいだで細かく息継ぎをした。

「それってどうして?」と訊ねるユーセフは、父親の答えをこれまで何百回となく聞かされていた。

「十三年と二か月前にこの石を手にしてから、エルサレムを忘れたことは一日たりともない。おまえの伯父さんがこの石をくれたとき、俺は……」

「父さん、来週姉さんの家を訪ねていくつもりはまだある?」とユーセフはわざと話を遮り、話題を変えようとした。

「あるとも」老人はぴしゃりと言った。「誓ってもいいがな、この石は夜明けの礼拝《ファジュル》のときに俺を起こしてくれることもあるんだぞ」

「そりゃそうだよ。ポケットに入れたまま寝て、石を入れた側のほうに寝返りを打てば、どうしたって目が覚めるだろ」ユーセフは思い切り茶化すように言い返した。

「おまえはわかっていない。ほんとうにわかっていない。そんな話じゃない。いいか……」

また父親の話が長くなるのはごめんだったので、ユーセフは訊ねた。「父さん、それを持ってみてもいいかな？」

「うむ……」というのが父親の答えだった。息子が急に石に興味を見せたので面くらい、渡すのが少しばかり惜しくなったのだ。

「父さん？　持ってみてもいい？」

「いいとも。だが気をつけるんだぞ」と父親はためらいがちに答えた。

「わかった」とユーセフは言い、片手をさっと出して石を受け取った。

「気をつけろって言ったろ！」と老人は怒鳴る。

「父さん、あんまりだよ。ほんとに恥ずかしいしうざい感じになってる。石、石だ、石だぞ！って……」

「黙れ！」父親は顔を真っ赤にして声を張り上げ、石を慌ててつかんで取り戻した。

「教えてあげるよ。父さんの甥のアフメドからずっと前に聞いたよ、サーデク伯父さんは父さんに嘘をついてたって」とユーセフは答えた。今度は、父親よりも大きな声だった。

「嘘をついていたとは、どういうことだ？」父親は威厳ある声で訊ねた。息子はからかおうとして言っているだけだろう、いや、そうであってほしかった。

「伯父さんは亡くなる前、石についてほんとうのことを父さんに話してほしいって息子たちに言ってた。要は、エルサレムの石じゃないんだってことを。石は偽物なんだよ」と、ユーセフから答えが返ってきた。

「何を言ってる？　エルサレムの石じゃないとは、ど、ど、ど、どういうことだ？　息子たちに話したのなら、どうして俺のところに誰も来ていないんだ？」と父親は訊ねた。

「父さんのことをよく知ってるからだよ。ほんとうのことを話したら、そのせいで死んじゃうんじゃないかって心配だったからだよ！　しゃがんで石をひとつ拾うなんてばかみたいだと伯父さんは思ったんだって。だから、自分の家の外にあった石を父さんに渡したんだ。偽物の石だよ」とユーセフは説明しつつ、もう何年も必死で秘密にしてきた話を口にしてしまったことを後悔していた。

「ふざけるのもたいがいにしろ！　それから、〝偽物〟と言うのもやめろ。偽物じゃない。地獄に落ちろ！」と父親は苦々しい声で怒鳴った。その言葉を使うのは初めてだった。

「嘘なんかじゃないよ！」ユーセフは口答えした。

「あの野郎、地獄で朽ち果てるがいい！　ばからしくてしゃがめなかったと？……エルサレムで？」とアブー・ユーセフは唸った。かつてないほどの怒りがこみ上げてきた。兄を侮辱するのも初めてのことだった。

「父さん、落ち着いてよ」と息子は弱々しい声でつぶやいた。怒りに襲われると父親がどうなるのか、身をもって知っていたのだ。

「落ち着けと?」とアブー・ユーセフはおうむ返しに言った。「あいつはもう地獄でく……あいつは……石をくれ……石を……あがが、うぐぐぐ……」左手で胸を押さえ、息をしようともがきつつ、アブー・ユーセフは倒れた。目をかっと見開き、右手で必死に石をつかんでいた。

「父さん! 父さん! しっかり! しっかりして! 父さんってば!」

傷痕

アーヤ・ラバフ

私はひとりになって、すべてから逃れたかった。いつも、咲き誇る花のように、温もりや命という魔法の意味に覆われていたいと夢見ていた。

息子のサラームと、娘のハヤートが恋しかった。サラームは「平和」、ハヤートは「生命」という意味だ。どうしてふたりにその名前をつけたのか、自分でもよくわからなかったが、子どもたちが生まれてきた世界の雰囲気に、私なりに抗いたかったのかもしれない。

*

昔はよく、台所から母が張り上げる声や、兄たちの楽しそうな大声が響き渡るのが聞こえた。そして、すべてが消えてしまった。母も、兄たちも。心を蝕むような匂いが、私たちの家を満たす。日光の筋が、守護天使の透明な翼のような形になり、家をつかむ。それから、私には暗い平和しか見えなくなった。そう、平和すらも暗くなることがあるのだ。

いまでも、母の満月のような白い顔が、まぶたの裏にはっきりとよみがえる。「ほんとうに自分勝手な子ね」と、母はいつも私に言っていた。どうして母にはそう思えたのか、私にはわからなかった。

あの出来事のあと、私はぴったりの理由を思いついた。家族のなかで生き残ったのは私だけだ。私は命をひとり占めしたかったのだ。残りの一生をかけて、その特徴をなくす努力をすべきなのだ。自分勝手というのは、母の言葉によって、私の額に刻まれたものだった。

どこへ行っても、兄たちの大声が雷鳴のように響く。兄たちのばらばらになった亡骸は、目をくらませる閃光のように、いまでも夢のなかに現れる。兄たちは、かつて我が家だったコンクリートの瓦礫の下敷きになった。恐怖や絶望とともに――あるいは希望もあったかもしれないが、この残酷な世界では、希望はもう叶えられはしない。兄たちが最後に何を思ったか、それは誰にもわからない。兄たちが死んでしまったいまとなっては、それが明るい思いだったのか暗い思いだったのかを想像することしか、私にはできない。

家の裏手にある、あの小麦畑はいまでも、古くたびれた思い出の数々で輝いている。変わったのは、それを見る私の目だけだ。

「そこは戦いの土地なのよ」初めて戻ったとき、私はそこを指してハヤートに言った。ずっと長いあいだ、自分は恐るべき虐殺のたったひとりの生き残りなのだという残酷な事実と向き合えずにいた。

午前一時だった。空気の緩い糸が、幽霊のように私のまわりをめぐっていた。私は母に訊ねた。「私たちに悪いことが起きたら、どうすればいい?」

「逃げればいいのよ」

「どこへ?」

「神のもとへ。神のいる天国へ」

私は微笑んだ。

母の言葉は、聖典から引いたもののようだった。逃れたのは私ではなく、母だった。母は冬の風とともに、秋の落ち葉のように逃れていった。

家の裏庭でラベンダーを摘むときの母はいつも、神の玉座の陰に立つ聖人のようだった。そして、私たちの土地を侵略してくる彼らのことを私が怖がっていたから、母はいつもこう言い聞かせてきた。「ある人の心のなかで道徳が死ねば死ぬほど、その人はより多くの罪を犯すことができるの」その言葉をすっかり忘れてしまったものと私は思っていた。でも、不思議なことに、何かがあると、とくに悪いことがあると、かつての助言や格言や警告がすぐに胸によみがえってくる。

病院で起こされたとき、何の手がかりがなくても、自分に起こった変化がわかった。看護師の女性のほうを向いて、「あなたはこの世の人?」と訊ねた。

「心配しないで。ここは病院だから。あなたは重傷じゃない。大丈夫」

病院で言われることといえばたいてい、もう知っていることか、怖いと思っていることだ。看護師の白衣が見えて、いまでも、救急車に乗せられたときに家族のなかで私だけが顔に布を被せられなかったことを思い出す。もう知っています、と彼女に言いたかった。でも、私は黙っていた。求めていたのは、もっと簡単な答えだった。すべては夢で、何もかも大丈夫なのだという答え。厳しい現実を伝えてくるのではなくて、完璧な嘘のように聞こえる答え。

看護師に微笑みかけようとしたけれど、できなかった。顔の上に仮面があるような感覚だった。

「私の顔は？」と私は言った。

「ただの浅い傷だから、心配しないで。あっというまに治るから」彼女は安心させようとした。詳しい説明は聞きたくなかった。そのときは、すべてがどうでもよかった。顔も、将来も、どうなったっていい——私が生き延び、喪失とは何かを教えた戦争すら、どうでもよかった。じつのところ、傷に癒えてほしくなかった。これくらいはっきりとした恥の印があれば、少なくとも、自分の命を犠牲にしてほかの人たちが生きられるようにしてくれた人びとのことを忘れずにいられる。そのことが満足だった。今回は、自分の恥から逃れることはできない。逃れたくもない。外にいる人たちは戦争から立ち直りつつあるのだろう、と私は思った。ガザ自体が巨大な病院に変わってしまい、誰もが苦しんでいるのだという気がした。

私はいまでも、森や山や雲の向こうに魂を運んでいってくれた空気に感謝している。私の手がそっと上がって、血まみれの傷に思い切って触れるのを手伝ってくれた空気に。傷はかさぶただらけだった。私は思った。「何ごとも、考えなければ平和に見えるかもしれない。でも、いざ考えれば、つらい思い出がよみがえってきてしまう」

私は傷痕のある女の子になった。

＊

息子のサラームの後ろにある風景は、昔の絵画そっくりに見える。でも、サラームの突き放したような笑顔がその均衡を崩していた。私が前に立っているときはけっして笑顔にならない、それが息子の目を引く特徴だった。私は左の頬で燃える傷痕にそっと触れた。まるで無言で攻撃してくるかのように、サラームは私を見つめている。息子の後ろには緑色のトウモロコシ畑がどこまでも広がり、壮麗な楽園のようだ。息子には笑顔になってほしかった。子どものサラームを、その光景の完璧さに結びつけたかった。息子は聞く耳を持たず、同情するような目は私の頬にくっきり刻まれた悲劇の物語を見据えていた。

「ごめんね。でも、カメラに向かってにっこりしてほしいの」

「無理だよ。カメラは嫌いなんだ。写真は好きじゃない」

私は部屋から出た。たったひとりの息子を困らせたくなかった。

＊

「歴史は繰り返すものだと思いますか？」歴史の先生が、いきなり質問してきたことがあった。暑い日で、私は汗をかいていた。息がしづらかった。その質問は衝撃だった。私は打ちひしがれた。みんなの目が向けられたときにいつもしているように、片方の頬を隠して立って、泣いた。泣いているとそのうち、ひどい暑さを感じなくなった。泡のなかにいるようで、聞こえるのは深く埋もれた思い出だけだった。教室にいるみんなは、私の様子を見て茫然としていた。私も同じだった。座りなさい、としばらくして先生は言った。私はそのときようやく口を開いた。「先生、人は最後にはみんな塵になります。歴史が繰り返すとは思いませんが、頭のなかで時間を遡るとき、私たちの思い出は現在や未来を支配してしまいます」その答えに偽善があることには気がついていた。私が考えていたのは、母の右肩にあった傷痕だったのだから。

歴史の先生は、私の答えを受け入れなかった。先生にとって世界とはかなり秩序だったものだったが、それだとほんとうに多くの人が繰り返し痛みを経験することになってしまう。でも正直に言うと、時が経つにつれて、私は先生と同じ考えになっていった。歴史はいつもみずからを繰り返すのだ。いつも同じ形とはかぎらないが、私たちに同じ歪みをもたらすのだ。

＊

ひとり、またひとりと家族の命を奪っておきながら、死は私のそばに立ち、そして私に手をかけなかった。私はまだ世を去りたくはなかった。八月のことで、息をする砂の上で自分の体が溶けてしまえばいいのにと私は思っていた。どうして、彼は私を手放したのだろう。私を怪しんで、牢獄に入れなかったのはなぜなのだろう。ハヤートを奪いながら、私を生かしたのはなぜなのだろう。

娘が死んだのは、戦争のときではなかったが、平和なときでもなかった。一発の砲弾が私の家族を殺し、致命的な病が私のハヤートを奪った。銃弾と同じようにして、病が娘の体に侵入したのだ。別れはなく、どうして何もかもこうなってしまうのかという思いだけがあった。

何か困ったことがあるといつも、私は傷痕のせいにする。呪いのようなものだ。傷痕のせいで、片手のない男と結婚することになり、あとになると子どもたちに目を向けられるたびに傷痕に苦しめられた。異形《いぎょう》の者を好ましく思ってくれるのは、創造主だけだ。

娘の病気は宣戦布告だった。体調を崩してしまう前でさえ、娘はいたるところに死を見ていた。

「木が動いてる。木が殺してる。木が嫌い」とハヤートはよく言っていた。

娘が言っているのは、ニュースで見た兵士たちのことだった。木々のあいだに紛れるために、兵士たちは緑色の軍服を使っていた。娘には自然を憎んでほしくなかったが、間違いなく見たと娘は頑固に言い張っていた。「木が人を殺してたんだよ。ほんとだよ」

そうしたことも、ずっと昔の出来事だ。いまでは、美しく小さな娘は、私の心の奥底で光り輝く灰になってしまった。どうしてなのかは私にもわからないが、娘が死んで何年も経って、ラベンダーにいつも娘の顔が見えるようになった。それで、ラベンダーが大好きだった私の母を思い出す。悲しいことに、娘と母は、喪失という同じ額縁のなかに収まってしまった。ふたりとも、私から同じくらい離れたところにいる。

ラベンダーが徴《しるし》なのだとは、私は知らなかった。ラベンダーは徴だった。

＊

息子のサラームの部屋を出ると、私はラベンダーを買おうと花屋に行った。その日、ラベンダーは買わなかった。小さな木を一本だけ買った。それをサラームの机のそばに置いて、きっと娘はそこにいるはずだと思ってささやきかけた。「ほらね、ハヤート、木は動かないでしょう」

＊

家。その言葉が、閃光を放つ火のように心のなかに浮かび上がる。私は色が抜けたように感じた。水を飲みすぎて、自分の影とすっかり一体になってしまった。影は私よりも悲しく、私よりも高くなった。輝かしい光のなかでさえ、私の影はけっして消えることがない。私たちの家は、前の通りを走る一台の車を狙ったミサイルによって軽い被害を受けた。窓が粉々に割れただけだったが、サラームの傷痕を通じて歴史が繰り返すにはそれで十分だった。

＊

サラームと私は病院から出ると、新しい家を借りた。新しい状況をうまく切り抜けて、すべてが前よりよくなってくれたらと願っていた。家は死んだ男のように青ざめていて、墓のように狭かった。私が鏡をすべて取り外そうとすると、「いや、残しておいて」とサラームが声を張り上げた。

廊下にある鏡に近づくと、サラームはナツメヤシの木のようにじっと立っていた。絶対に倒れなかった。サラームの傷は私の傷よりもましだった。私は小さな木を一本買って、新しい家のなかに置いた。そこに、我が子の苦しむ魂が見えた。ハヤートが死んでからよくしていたように、私はささやきかけた。「ほらね、動かないでしょう。もう殺しはしない」

＊

「今日が誕生日だね。この先のことで願いごとをして」と、みんなが張り上げた声は、ひとつの、濃密で、誰かわからない声になった。私にわかるのは、息子から出ていた、か細くなっていく声だけだった。私は目を逸らし、見渡して、部屋に並ぶ顔にもたもたと目を走らせ、最後に息子を見つめた。息子は怯えた鳥のように立っていて、片方の翼をはためかせ、もう片方の翼で傷痕を隠そうとしていた。私と息子はその混沌の上に浮かび、光でできた泡のような、切り離された世界を作っていた。私は息子の目の奥を見つめた。息子と私だけが、その秘密の願いごとを知っている。何秒かして、私はその世界から解き放たれて、大きな声で言った。「願いごとをしたわ」

＊

その日の夜、夢のなかにハヤートが出てきて、手に持った鏡を私に向けてきた。私には傷がなかった。霞のような夢だった。起きてみると、あたりが真っ暗ななか、月は希望に輝くパンのようだった。少しのあいだ、月が落ちていくさまを思い描いた。それで動転してしまった。もうその夢は忘れたものと思っていたが、そうではなかった。欠けている部分を見つければ、物事は記憶としてよみがえってくる。

「どんな人にも傷はあるの。ほんとうに」と、ある月明かりの夜に、私はサラームに言った。

「みんな戦争をくぐり抜けてきたってこと？」

「そうね。心のなかの戦争をね」

サラームは傷を負った人の絵を次々に描いていた。心臓に傷のある人もいれば、頭に傷のある人もいた。

「これは誰？」と私は訊ねた。

「父さんだよ。片手がなかったって言ってたから」

＊

「どうして片手だけになったの？」と、私は夫に訊ねたことがあった。

「手をなくしたんだ。小さいころは、友達と遊んでばかりだった。ある日、どこかの門に作ってあるすき間に片腕が挟まってしまった。門の向こう側には腹ぺこの犬が何頭もいた。俺は知らなかったんだ。門を開けてみたかっただけだったし、そのときは犬の吠える声なんて聞こえなかった。まったくついてない！　犬に咬まれた手は、ぐちゃぐちゃの肉のかけらになってしまった。怖くなって、手はそのまま置いて逃げたよ」

夫があれこれ大げさに言うのが、私は好きだった。私は笑い声を上げた。そんなふうに片腕を失う人なんていない、と思った。でも突然、ほんとうはどうだったのかは気にしていないことを悟った。

＊

私はひと言も発さずに、サラームの墓の前を通った。八月で、太陽が宇宙を抱きしめて昇ってきた。息子の墓の上に、気品あるラベンダーが生えていることに気がついた。サラームは流れ弾に胸を征服されて死んだ。

そうした出来事を経てもなお、心のなかで信仰心が消えてはいないことに、自分でもときどき驚く。私が求めているのは、神に許されることだけだ。ときどき、愛する人すべてをこんな目に遭わせてしまったのは私なのだと思ってしまうからだ。火はみずからの前にあるものすべてを燃やして栄える、と言われる。鏡に目をやると燃える火が見えることはよくあるが、それが自分なのかもしれないとは思いたくない。

サラームはここに残され、砂漠の上で赤い花が咲いていた。私はかがみ、息子の体を自分の胸にしっかりと当て、私の傷が息子の傷を抱きしめることを許した。落ちていく月が、息子のなかで現実になっているのを見て、動けなくなったことを思い出す。それは別の戦争ではなかった。何年も前に私の家族を奪った最初の戦争は終わらなかったからだ。戦争は終わるものだと人は言うが、それはじっさいには違う。戦争はけっして終わらない。

＊

「どうして置いておきたいの？　難民の女性の、大きくて醜くて暗い写真じゃないか。どうして置いておこうとするのかさっぱりわからない」

息子が言っていたのは、陰気な家の玄関扉のそばに、聖なるもののようにかかっていた写真のことだ。その家で私たちにあったのはイメージだけだった。カメラも、畑もない――薄暗い光だけだった。

「これはナクバのときの肖像写真。あれほどの苦しみを味わった人たちのことを、私たちは覚えておかないといけないの。それに、未来の人たちが私たちの苦しみも覚えていられるよう祈らないといけない」

＊

「空の向こうには何があるの？」と、私は母に訊ねた。

「楽園よ」

「それってどんなところ？」

「子どもたちの夢みたいなところ」

夢をほとんど見ないのだとは、怖くて母には話せなかった。話せば、変な女の子だと思われてしまっただろう。子どものころの日々はばらばらに飛び散ってしまったが、いまになってパズルのピースをつなぎ合わせている。

どういうわけか、私はずっと、楽園とは私たちの緑の畑のようなところで、黄金色の太陽と青い空に覆われているのだと思い描いていた。

＊

「母さん、虐殺って何なの？」とサラームが訊ねてきたのは、家族に起きたことを初めて話したときだった。

「何でしょうね。生き残った人たちには絶対に理解できないことなのかも。血を流した人だけが答えを知っている」私は大げさに答えた。

「でも、母さんだって血を流したじゃないか」

「私に言えるのは、虐殺を正当化できるものは何もないってこと。世界でもっとも神聖な目的でさえも、平和そのものでさえも。わかった？」

「わかった。何も僕らの傷を正当化できないってことだね」

そのとき、息子の目に死が見えたのがどうしてなのかはわからない。雲が出てきて、あとで月を襲った。天空にはもう月は見えなかった。

＊

いま、私は家に引き戻される。どこを歩き回っても、自分の子どもたちのこだまが聞こえる。畑からは血と腐った臭いがする。百頭もの雄牛が殺され、そこに投げ捨てられたかのように。でも、それは雄牛ではなかった。人間の死体だった。私を家に引き戻したのは、またしても戦争だった。家はがらんとして、惨めな思い出だけがある。

＊

目もくらむような星をいくつも入れた袋だけを、私は持っている。袋は重いが、広大な空にかかっていないので役に立たない。私は親子三人の写真をそこらじゅうに置く。写真はたくさんあった。私はわざと、いつも顔の片側だけを見せている。私とサラームふたりの写真は一枚もない。

三人そろって幸せそうで、心細そうにしている大きな写真の前で、私は膝をつく。なんて嘘つきの写真なのだろう。

彼らは娘の名前が気に入らなかったので、その意味を逆にするべく娘を奪った。彼らは息子の名前を羨み、息子を奪ってほんとうの、本物の平和に送った。

＊

「笑顔になってるね」

「うん、大丈夫だよ」

サラームが初めて心からの笑顔を見せたのは、死んでいくときだった。

今度は、息子の後ろには美しい風景はなく、場面を完璧にしたいから笑顔になってほしいと頼むこともなく、カメラもなかった。あるのはただ、薄らいでいく微笑みだけだった。

＊

木は育った。悪魔の顔のような葉が次々に落ちた。息子と娘のことが恋しかった。その日、私は花屋に行って、ラベンダーをほしいと言った。

「何本ご用意しましょうか？」

「たくさん、ほんとうにたくさんお願いします……。毎日ちょっとずつ、うちに届けてほしいんです」私は傷を隠そうとしながら言った。一瞬、傷が小さくなっていくように感じた。ほとんど消えてしまうくらいに。

作者たち

ジャストワールド・ブックスCEOのヘレナ・コッバンによる覚書

リフアト・アルアライールとともに、彼の学生や指導を受けた人たちが英語で書いた――そしてリフアト本人も短編を三つ寄せた――短編小説アンソロジーを刊行するにあたっては、本の末尾で作者たちの略歴を紹介するセクションにかなり力を入れた。リフアトも私たちも、ガザの若い人びとの力強く魅力あふれる個性を、世界の読者に示す絶好のチャンスだと思ったのだ。何しろ、ガザの人びとはそれまで、長期的かつ組織的に、欧米のメディアによって非人間化された集団として描かれてきたのだから。結果として、二〇一三年版に記載した作者略歴は、その手のアンソロジーとしては異例に充実した、個人的な思いが込められたものになった。そして、二〇二四年現在も、魅力と痛切さを失ってはいない。

二〇二三年十二月に起きた、イスラエルによるリフアトの暗殺を受けて、私たちは『物語ることの反撃』の新たな「追悼版」を製作することにした。リフアトの死後、彼の友人であり元学生でもあり、このアンソロジーにとても感動的な短編を寄せてくれたユーセフ・アルジャマール博士が、リファアトの文学的遺産の執行人となることを引き受けてくれた。彼と私たちはともに、リファアトの作家としての、そして教師としての、人を鼓舞する遺産をできるだけ守り、広げていく決意でいる。ユーセフの尽力もあり、二〇二四年二月に、私たちは二〇一三年版に作品を寄せた作家たちにできるかぎり連絡を取り、自身の略歴の「更新版」を提出してもらった。ユーセフもまた、その機会に新しい文章を寄せた。

更新版の「作者たち」を提示する前に、いくつか留意すべきことを記しておきたい。

1. リファアト・アルアライールは、気品があって謙虚で、快活な人物だった。二〇一三年版では、自分の提出する略歴もほかの寄稿者と同じ扱いにしてもらいたい、と彼は望んでいた。じっさいには、彼の略歴はほかと比べて短めのものになり、アルファベット表記にした各作家の姓をＡＢＣ順に並べたこのセクションでは二番目に置かれることになった。

2. ユーセフと私たちは、リファアトのほかの本書の十四名の作家たちのうち六名とは連絡を取ることができなかった。六名全員か、あるいはほとんどは、ガザで動けなくなっているものと思われ、最悪の場合は（リファアトのように）もう亡くなっているのではないか、と私たちは恐れている。二〇二四年版に向けてこのセクションを編むにあたり、八名の作家から新しく送られてきた文章には「二〇二四年」、リファアトと六名の連絡がつかなかった作家たちによる以前の文章には「二〇一三年」と年号を振ったうえで、旧版と同じABC順で収録することにした。二つの異なる略歴のセットを、もともとの順番で並べ、かつそれぞれに年をはっきりと示すことで、この若いパレスチナ人たちの人生がこの十一年間でどれほど変わったのかを理解する助けになればと思う。

3.

このセクションを作成するにあたって、ほかの面と同じくユーセフが尽力してくれたことに感謝したい。そして、彼と七名の作家たちは、二〇二四年初めの容赦なく、途切れることのない混乱と動揺のさなかで、リフアト・アルアライールが自分の人生にどれほど大きな意味を持ったのかを書いてくれた。そのうち、ヌール・エル・ボルノとアーヤ・ラバフ医師の二名は、ガザ地区内部から新しい文章を寄せてくれた。ユーセフなどほかの六名は、ガザのパレスチナ人がいまでは離散しているさまざまな大陸での新天地から寄稿してくれた。

ワファー・アブー・アル＝コンボズ（二〇一三年）

Wafaa Abu Al-Qomboz

ワファー・アブー・アル＝コンボズは二十二歳、ガザ・イスラーム大学で英文学を学んでいる。彼女はとても誇り高いパレスチナ人でありガザっ子である。幼いころから、イスラエルの占領ゆえのパレスチナ人の苦しみについて、そしてイスラエル兵が家を攻撃して子どもや女性を殺し、パレスチナ人のアイデンティティにまつわるすべてを破壊しようとするたゆまぬ努力について、彼女は多くの物語を耳にしてきた。ワファーはガザ地区で「キャストレッド作戦」と「雲の柱作戦」というふたつの戦争を経験した。彼女は語る。「そのふたつの戦争は、私に深い影響を及ぼしました。容赦なく殺された子どもたちを目にしたことは忘れられません」

ワファーは粘り強くいること、不正義には抗うこと、というパレスチナの価値観をもって育てられた。そこで、自分の国を守る助けになり、占領に対する怒りや不満を表現し、国に対する愛を見せるために、書こうと考えるようになった。十一歳のとき、ワファーはパレスチナについての簡潔な物語を書き始め、最近になって英語で書くように勧められた。今後も英語で書き続けるつもりでいる。

リファト・アルアライール（二〇二三年）

Refaat Alareer

「キャストレッド作戦」を生き延びたリファト・アルアライールは、ガザ・イスラーム大学で教える研究者である。ユニヴァーシティ・カレッジ・ロンドンで比較文学の修士号を取得し、目下はマレーシアの博士課程で英文学の博士号を取得するべく取り組んでいる。リファトは二〇〇七年から世界文学、比較文学、創作を教えている。

彼はパレスチナの若い書き手たちに関心を持ち、その多くとともに作業をすることで、彼らの執筆や批評の腕の向上に努めている。リファトはまた、本書の編集者でもある。

［本人の言葉］パレスチナの占領は、まず比喩的に、つまりは言葉や物語や詩において行われました。だから、私たちは書くことによって抵抗するべきなのです。あらゆる努力とペンを使い、私たちの大義を広く伝え、私たち自身と世界じゅうの人びとに教えるべきなのです。私たち自身の物語を伝えることが抵抗です——忘却と占領に対する抵抗なのです。抵抗とは騒がしくすることであり、マルコムXが言ったように、「何かを求めているのなら、騒がしくするべき」なのですから。

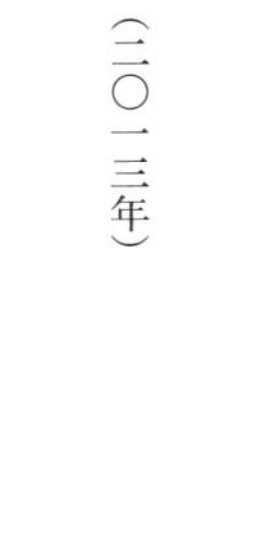

ジーハーン・アルファッラ（二〇二四年）

Jehan Alfarra

リファアト・アルアライールを偲んで

私の教師になり、指導教員になるずっと前のリファアト・アルアライールは、初めて出会ったときはロンドンで修士号を取るべく向かっていた国境にいた、ただの快活な若い男性だった。

二〇〇六年のことだった。私はアメリカの高校で勉強する交換プログラムに選ばれた生徒だった。ガザ生まれのほかの高校生たちと一緒に、あの悪名高いラファ検問所に行って、生まれて初めてアメリカ合衆国に向けて出域しようとしていた。そこに、同じくガザから出ようとしている、見知らぬ男性がいた。

国境の門の前で待っているあいだ、冗談を言ったり会話をしたりする時間はたっぷりあった。リファアトはアメリカ国務省の支援で配られた野球帽を私たちがかぶっていることで（強烈な日差しから私たちを守ってくれるのはその帽子だけだった）、茶目っ気たっぷりにけんかを吹っかけてきた。私たちみんな、彼独特のひやかしに笑い声を上げて、一緒に冗談を言い合った。

何時間も経ち、結局その日は帰れと言われて、また次の日に出域を試みることになった……それがさらにその次の日、さらに次の日にずれ込んでいった。出域するのはとうてい不可能だと思えた。どの日の終わりにも、リファトは微笑んで、「じゃあきみたち、また明日会おう」と言った。どうにか自由になろうとする旅路で、私たちはちょっとした知り合いになった。

何度も何度も国境に行かないといけないので、家族にちゃんとした別れの挨拶もしなくなった。最初に、国境に向けて家族のもとを離れるとき、私は泣いた。まる一年、ひとりで故郷を離れることになるからだ。二日目には、涙はなかった。そのあとは毎日、ただ笑って、「夜に帰ってくるね！」と言った。

その場には、私たちは「抜け出せない」のだという、絶望と諦めの雰囲気が漂っていた。ガザから出られはしないのだ、何度挑戦したところで、夜には家に帰ることになるのだ、と確信に近い感覚があった。それでも、どうにかして出られるはずだという希望は消えることがなく、私たちを繰り返し国境に導いた。この希望と絶望は、正反対のものだが常にともにあり、絡まり合っていて、パレスチナ人としての私たちの人生や経験のじつに多くを包み込んできた。

ガザで、イスラエルの爆弾が雨あられと降り注ぐなか、ガザの人びとは希望と絶望のなかにはまり込んでいる。次に死ぬのは自分なのだろうという、確信に近い感覚で死を受け入れているが、毎日、どうにかして生き延びられるはずだという、死ぬことのない希望がその下に潜んでもいる。

二〇〇六年、リフアトと私はガザから出ることができたが、国境にいた誰もが出られたわけではなかった。現在のガザで、誰もが生き延びることはないだろうが、リフアトが何年ものあいだ私に教えてくれたのは、その人びとの物語や思い出は永遠に生き続けるということだった。そして、その人びとについて語り、その人びとと、人びとの希望を生かしておく責務は、私たちが負っている。

今回は、リフアトは出ることはできなかった。でも、彼はこの先ずっと、語るべき物語であり続ける。そして、どんなに暗いときであっても、それはいつでも希望をもたらすだろう。

サーラ・アリー（二〇二四年）

Sarah Ali

二〇一三年にガザ・イスラーム大学の英文学科を卒業したあと、私は一年間大学に残ってティーチング・アシスタントとして働いてから、イギリスのダラム大学の修士課程で学位を取得した（二〇一四〜一五年）。その後は帰郷して、ガザ・イスラーム大学で英文学の講師として四年間働いた。二〇一九年の暮れ、私はケンブリッジ大学で英文学の博士課程に入学した。

二〇一三年からの教育や職歴のすべて、さらにいうならリフアトと初めて出会った十五歳のときからの人生のすべては、リフアトの知恵や導きや信じられないほどの後押しなしには考えることができない。彼は「パレスチナに注目」(Eye on Palestine)という、英語英文学掲示板を運営していた。二〇一〇年に閉鎖されるまで十年ほど存続した、独創的でインタラクティブなその掲示板は、ソーシャルメディアが普及するずっと以前は、ガザの若いパレスチナ人が世界とつながる助けになっていた。私たちは物語を書き、詩を議論し、英語の文法の微妙なニュアンスを学ぶ楽しみを追求した。フォーラムに提出された作品のいくつかは、のちに『物語ることの反撃』に収められる物語につながっていった。

リフアトと『物語ることの反撃』に取り組んだのはほんとうに楽しい思い出だったし、彼が本の謝辞で私の名前を挙げてくれたことに恐縮している。私はプロジェクトの初日から参加していた。どの短編がよいかを提案し、それを読み、リフアトと書き手たちと一緒に取り組んで、いまあるような形に仕上げていった。当時の私は大学を卒業したばかりだった。リフアトは素晴らしい読者であり編集者であるだけでなく、信じられないほど地に足がついていた。学生たちと共同作業をして、書き手からの提案に真摯に耳を傾ける、そんな彼の謙虚さを目の当たりにしたことで、深い信頼と尊敬の念が芽生えた。

二年後、私たちはふたたび一緒に働くことになった。今度はガザ・イスラーム大学の芸術学部で英文学を教えることになったのだ。思慮深い洞察と果てしない喜びに満ちた数年間だった。私はリファアトのすぐそばで仕事をして、同僚として彼をよりよく知るようになり、「比較文学」や「ロマン主義」や「ビクトリア朝文学」といった同じ枠で教えることもあった。リファアトが仕事仲間になるというのは、驚くべき経験だった。ユーモアを披露したり、おやつを分けてくれたり、寒いギャグを披露する（寒ければ寒いほどよかった）といったことだけでなく、リファアトはこのうえなく寛大な友人であり同僚で、いつも教材を分けてくれたし、おすすめの本を教えてくれた。ある詩を解剖してから縫い合わせ、完璧な統一体にしてみせる、そんな芸当ができるのはリファアトだけだった。彼が詩を読み上げて、説明して、詩を息づかせる、それは何時間でも聞いていられるくらいだった。リファアトの情熱、仕事における高潔さ、学生への献身ぶりは、私の教師としての経験をより価値あるものにしてくれた。私たちは一緒にゼミを運営し、テストを作成し、講師を招聘し、学科のカリキュラムを改訂して、英文学科の年一度の出し物を担当した。リファアトの知識、見事な指導、鋭い知性は、ガザのパレスチナ人学生にイスラエルが課した知的な封鎖に対抗するものだった。彼が尽力して創り出した環境は、好奇心ある知性を養い、若い才能が開花するよう後押しした。

　博士号取得を目指すのは、私にとって簡単な決断ではなかった。リファアトは私が出願するのを後押ししてくれただけでなく、ケンブリッジ大学への推薦書を書いてくれて、出願プロセスのあらゆる局面で手助けしてくれた。博士課程で一番精神的に苦しかった時期には、辛抱強く配慮に満ちたアドバイスをくれて、それがほんとうに勇気をくれた。一番最近の会話は、イスラエルによるガザでのジェノサイドがすでに進行中だったが、そんなときでも彼は、きみが博士課程を終えて戻ってきたら、ガザ・イスラーム大学で一緒に授業を担当できるだろうから、どんな授業がいいだろうね、と彼は言っていた。二〇二二年十二月に私の父がガザで亡くなったとき、私はイスラエルとエジプトによる封鎖のせいで家族のもとにいられなかった。リファアトは、父の葬儀の初日に参列してくれた。驚くほど優しく、思いやりがあって、懐の深い人だった。

親しい友人の死について書くのは残酷なことだ。でも、語るべき物語があるのに私たちが悲しみに暮れたままでいることを彼は望まないだろう。それが、リファアトの遺産から私たちが学んだことだ。リファアトの物語のため、希望をもたらす物語のために、私たちは生きていく。

ユーセフ・アルジャマール（二〇二四年）

Yusef Aljamal

リファアトは僕たちの人生を変えた

僕やほかの多くの人びとに、ものを書いて物語を語る喜びを教えてくれたのが、リファアトだった。彼について書くのはつらい。彼が「わたしが死なねばならないとしても」という詩で書いているように、彼の死が希望をもたらして物語になるように、リファアトの物語を自分が語らねばならないなんて思いもよらなかった。リファアトは愛と喜びにあふれた人だった。彼は機知をこらして、思いのままに言葉を形作ってみせることで、いつも笑いと前向きなエネルギーを与えてくれた。

二〇一三年に、僕はマレーシアで大学院を修了するべく、リファアトと同じ飛行機に乗っていた。僕がまだ宿泊先を決めていないことを知ると、彼は自分のアパートメントに泊まっていくよう誘ってくれた。僕は三週間、彼の居間で寝泊まりした。僕たちに新しい滞在先に向けて荷物を引きずっていくときは悲しい気持ちだった。僕たちにとって、彼は単なる教師ではなかった。彼は導きであり、助言者だった。

彼は強烈なブラックユーモアを披露することもあった。彼のもとから移って二日後、彼から電話があった。おまえはなんて恩知らずな人間なんだ、三週間食べさせてもらっておいておいしいのひと言もなかった、とリファアトは言ってきた。この恩知らずめ、焼き討ちにしてやる、と彼は言って、彼と同居人のホサームとムハンマドに謝りに来いと要求した（リファアトが殺されてから数日後、ムハンマドも空爆で殺されてしまった）。僕はスイカを持っていって、仲直りした。そのあと彼とさらに仲良くなり、マレーシアにいる二年間はずっと、週末になると彼の家に足を運んだ。

僕はムハンマドから、おまえはやることがリファアトそっくりだ、とよく言われた。リファアトはタイプミスや句読点の打ち間違いを許さなかったからだ。ガザでリファアトの授業を受けたあと、彼の親しい友人のひとりになったことを、僕は誇りに思っている。リファアトと僕のふたりは、『物語ることの反撃』のマレーシア版を立ち上げた。ふたりで話し、マレーシアのさまざまな都市に一緒に足を運んだ。トークイベントでリファアトの話を聞いたあとで、ある男性がやってきて、『物語ることの反撃』を五十部買ってくれた、なんてこともあった。そうした旅のなかで、リファアトは人生で出会ったなかで一番すごい人だと僕は実感した。

知識の面でも、上品さの面でも、人とのつながりの面でも、リファアトはずば抜けていた。ガザの若者たちのあいだでは有名な存在だった。何百人もの若者に、創作や物語を語る練習を積ませていたのだから。そうした創作ワークショップのいくつかを立ち上げるのに、僕も一役買えたことを光栄に思う。

彼はまた、X（旧ツイッター）での活動や、ガザで受けた多くの取材を通じて、ガザの外でも有名だった。彼はガザ北部にあるシュジャーイーヤ地区の近くに留まり、そこの人びとの物語を伝えることを選んだ。ジェノサイドのさなか、インターネットに接続するために毎日二万五千歩も歩いた。自分の信念に忠実に生きたのだ。不思議なことではない——フルブライト奨学金の面接で彼が面接官に言ったように、彼はマルコムXに鼓舞されていたのだから（アメリカ合衆国で博士号を取得するフルブライトのプログラムに彼は採用されたが、そのためにガザを出域する許可をイスラエルは出さなかった。のちに、彼はマラヤ大学で博士号を取得した)。

二〇一四年、ジャストワールド・ブックスとアメリカ・フレンズ奉仕団の企画で、リファアトと僕、僕の同僚ラワーン・ヤーギーの三人は、アメリカ合衆国の二十以上の都市でのトークイベントのツアーを行った。ユダヤ系アメリカ人に出会い、人生で初めて銃を突きつけてこないユダヤ人を見たことは、「マルコムXが経験したような人生の転換点」だったとリファアトは言っていた。

そのツアーを通じて、リファアトの話は多くの人に影響を与えることができたし、聞いて涙する者もいた。彼は物語を語ることの力を信じていたし、どの学生にも、自分には語るに値する物語があるのだと信じさせた。多くの人に力を与え、そして人生のかなりあとになってようやく、自分でも物語を書き始めた。

ウスターズ・リファアト(リファアト先生)はエネルギーに満ちた人だった。本を一冊小脇に抱えて、いつも次のワークショップか、トークイベントか、冒険に向かって走っていた。訪れたところすべてに足跡を残していった。ワシントンDCでは、ヘレナ・コッバンの家の肘掛け椅子が彼にあやかって名づけられ、マレーシアのマラッカでは、そっくりな二匹の猫を見つけると即座に「コピー&ペースト」とその二匹を名づけた。愛する故郷の町シュジャーイーヤとアメリカ合衆国を出会わせ、シカゴをアメリカのシュジャーイーヤ、ニューヨークをアメリカのザイトゥーンと呼んだ。ニューヨークとシカゴと同じように、シュジャーイーヤとザイトゥーンのあいだにもライバル関係があるからだ。

ガザのパレスチナ人の知的孤立に抗うことがいかに重要か、リファアトは強調していた。より多くのガザの学生が外に出て学び、そしてガザに戻るよう訴えていた――それは、彼自身が二〇一七年に博士号を取得したあと選んだ道でもあった。リファアトは、ほんとうに多くの人の心に触れていた。最初の修士号、そして博士号を取るのをリファアトが助けてくれなかったら、僕はいまイスタンブールにいることはないだろう。ついに博士号を取得したとき、リファアトに電話をして伝えると、やり遂げたじゃないか、と彼は心から喜んでくれた。ここの若者たち相手にも話をしてやってほしい、と僕が誘うと、彼はぜったいに断らなかった。

僕の人生と、ほかの多くの学生たちの人生を、彼はよい方向に変えてくれた。彼はガザの語り部であると同時に、兄貴分でもあって、僕たちがガザから離れて何年も経ったあとでも、元気でやっているかたずねてきたり、僕たちがいないあいだは家族の様子を確かめてくれたりした。いつでも、僕たちのため、ガザのためにそこにいてくれた。

二〇二三年十月にアメリカのベリンハムに僕が行ったとき、彼は友人の家に忘れてきたパソコンのマウスがどうなっているか見てきてくれと言った。いまごろはマウスが千匹を超えているはずだ、と。イスラエルの爆弾が雨あられとガザに降り注いでいても、人生を終えるその日まで、彼はユーモア精神と人間らしさを失わなかった。野良猫に餌をやっていた。人びとの物語を語っていた。そして次々に冗談を披露して、Xでのフォロワーから、ジェノサイドのさなかにどうやってユーモア精神を失わずにいられるのかとたずねられるほどだった。

リファアト、あなたに出会えたことに僕は一生感謝するだろう。そして、何よりも誇らしいのは、あなたの学生だと言えることだ。あなたの蒔いた種はこの先も増え続ける。リファアト、あなたはいつも戻ってくる。いつも。

ヌール・アル＝スースィ（二〇一三年）
Nour Al-Sousi

ヌール・アル＝スースィは、ひとつの国の喪失、ふたつの戦争、そして二十五年ほどの歳月を生き延びてきた。ヌールはガザ・イスラーム大学で英語英文学の学士号を取得した。小さなころから、読書したりものを書くことにヌールは打ち込んできた。そのころから、書くことはごく自然な、息をするようなものになっていた。作文が一番好きな科目で、自分が書いたものを読んだ教師がその素晴らしさを認めるときの目つきが、何よりの楽しみだった。
ヌールは執筆を始めた初期にオンラインの短編コンテストで優勝し、周囲からブログを始めるよう勧められた。
パレスチナに、とくにガザに暮らしていることは、ヌールにとっては創作の源泉であり、彼女の作品はもっぱらパレスチナの日常生活での経験を表現している。ガザのパレスチナ人であることから、彼女は銃だけでなく言葉によっても抵抗はできるのだと学んできた。いま、ヌールは英語の教師をしている。言葉の持つ力を生徒たちに教えようとしている。

［本人の言葉］二〇〇〇年九月に第二次インティファーダが勃発したとき、私はパレスチナ人としての生とは苦闘なのだということを理解し始めました。そのような苦闘において、私が手に取れるものはペンだけでしたから、同年代の受難者たちについての短編をいくつか書いたのです。

シャフド・アワダッラー（二〇一三年）

Shahd Awadallah

シャフド・アワダッラーは二十四歳、ガザ・イスラーム大学英文学科の卒業生である。シャフドはガザにあるＵＮＲＷＡの学校で英語教師として働いている。七歳で読書を始めてから、彼女は文学に熱中してきた。創作の旅が始まったのは十八歳、高校生のときだ。書くことはシャフドにとって楽しい趣味であり、心を落ち着かせる方法でもある。

シャフドが描くのは、笑顔や涙によって人生や暮らし向きについて多くを語る人びとである。加えて、占領されている国パレスチナに暮らしていることは、彼女の題材や書き方にも影響を及ぼしている。

[本人の言葉] 私自身の経験や、ほかの人たちの物語を表現し、私が体験したけれど見えていなかった物語や、イスラエルの占領者が作り出したか犯した罪を明らかにすること、そうしたことすべてが、より多くを知り、より強くなり、自分自身の状況をよりよく理解する助けになりましたし、そうしたイメージや現実を、短編を書くことによって世界に伝える助けになりました。

ヌール・エル・ボルノ（二〇二四年）

Nour El Borno

一枚上手の職人に捧げる

水仙たちはまだあなたが来るのを待っていて、
「いつになったら来るのだろう」と思う。
言葉はきれいな対称になって並び——待っている。

彼の次の講義まで、どれくらいかかるのだろう？

N四〇二教室のドアノブは
あなたの力強い登場を懐かしんでいる。
力強く、でも優雅だ——あなたの何かが、
教室の雰囲気をがらりと変える。

「遅刻は厳禁だ」とあなたは言い渡すけれど、
ときどき、必要であれば許したりもする。
あなたの夢だったこと、創造性と規律——
だれもが詩を書くことができる。
だれもが物語を語ることができる。

天国の日は、黒板に光の筋を投げかけ、
あなたがいないことに気がついてたずねる、
「どうして今日はいないのか？　リファアト先生はどこにいる？」
おっと間違えた、あなたはあれからリファアト博士になっていた。

出会ったのは二〇〇八年、あなたは若者で、情熱とやる気に満ちていた。
それは二〇一二年、あなたがわたしの大学の先生になったときも変わらなかった。
あなたのまとう雰囲気が部屋を輝かせる、きっと、文学へのあなたの愛情だろう。

読んで、読んで、読む。
あなたの、永遠の、座右の銘。
「引用はしないこと」とあなたは引用して、自分らしくいるようわたしたちに教えた。
面白くて、皮肉屋——そしてしょっちゅうシニカル。

「リフアト？」ハムレットはたずねる。「母上、彼を見かけましたか？」
彼女は口ごもる。父親を亡くしてまもない、
その彼が、大事な友人を失うことに耐えられるだろうか？

「さらに嘆き悲しむことになる、
永く悲嘆に暮れることになる。

黒がそなたの外套の色となる
この先何年も」

「母上、この墨汁のように黒い上衣でもない、また、仕来たりどおりの鹿爪らしい喪服でもない、また、わざとらしい溜息吐息でもない、いや、溢れ流れる涙の川でもない、また、打ち沈んだ憂い顔でもない、かてて加えて、どんな悲しみの形、様子、姿でもない、ぼくのこの心を本当に表わしてくれるものは」

ある恐ろしい夜——フクロウがやかましく鳴く
空爆がリフアトの避難場所を襲う。
彼がよく文章で取り上げていた瓦礫の下に
彼の残滓が残っている。
彼の思い出。
彼の詩。
彼の学生たち。
彼の授業。
彼の登場人物たち。
ベオウルフも——彼を助け出そうとしたけれど——
彼のなかで死んでしまった。

リファトは殺された――それでも、
子どもたちは生きて彼の物語を語り、
学生たちが彼の旅を引き継ぐ。
彼の詩は――より多くの心に触れ
そして、彼の遺したものは本に息づいている。

そして、わたしの言葉をしっかり覚えていてほしい――

人が息をして、目が見えるかぎり、
――親愛なるリファトへ――
これは生きて、これはあなたに命を与える。

さようなら《アデュー》。

サミーハ・エルワーン（二〇二四年）

Sameeha Elwan

リファアト先生のシェイクスピアの授業に初めて出たのは、四年生の友人に勧められてのことだった。先生は一年生が潜り込んでいても気にせずに歓迎してくれた。英文学の学生だった私は、その後はリファアト先生の授業をひとつ残らず履修した。同じ授業を二度履修することもあった。文学への情熱を燃やす私たちとって、リファアト先生の文学にかける思いは心に残り続けている。

「針で突いても、血は出ぬとでもいうのか？　くすぐられても笑わぬ、毒を盛っても死なぬとでもいうのか？」彼は講義室を歩き回りながら、シャイロックの独白を暗唱した。その声音には強調と情熱が交ざり合っていて、目はあちこちをさまよい、私たちが好奇心を見せていないか、文学の美に対する先生の情熱を分かち合う者はいないかと探していた。

形而上詩人とジョン・ダンの奇想と拡張隠喩についての授業は、先生の喜びに満ちた知性の延長だった。形而上詩人たちが詩をどう論じていたのかを講義するとき、先生はよく強調していた。「サミーハ、私たちが〝何を言うか〟ではなくて、〝どう言うか〟が大事なんだ」

リファアト先生は私たちが形式をささやかにマスターすると鼻高々になった。「ここに余白を残したのは、沈黙を表す意図があってのことかな？　サミーハ、素晴らしいよ」と、先生はさらりと褒めてくれて、私は幸せで空を飛べそうな気分になった。

先生は英文学に傾倒していたし、シェイクスピアやブレイクやT・S・エリオットといった作家たちに傾倒していたけれど、それは無批判なものではなかった。古典を学んでいるときでも、かならずマルコムXの自伝や、フランツ・ファノンの『地に呪われたる者』にサルトルが寄せた序文のコピーを配り、古典のなかにサバルタンを探すようにと言った。私たちは何時間もかけて、古典文学のなかに私たちがどう描かれているのかあれこれ思考を巡らせ、さらに何時間もかけて、古典の権威に挑戦し、疑問を呈し、混乱をもたらすことへの恐れを捨て去った。

私たちにとってのリファアト先生は、幅広いパレスチナ文学への扉でもあった。先生がいなければ、英文学の旧来のプログラムによって脇に追いやられるだけだった作品群に、私たちは導かれた。鳩小屋めいた研究室は、出張図書館のようなもので、先生がイギリスで修士課程にいるあいだに集めた本をいつでも学生たちは借りることができた。私たちは気軽に、毎週その鳩小屋から本を選んだ。もし先生が研究室にいれば、その本について延々と話をした。秘密の読書クラブのようなものだった。

リファアト先生は、ガザ社会に豊かな才能の鉱脈を見出していた。先生は私たちに、みじめな犠牲者のイメージに抗い、占領下で苦労するパレスチナの若者という単純な描写に対抗することを教えてくれた。〈私たちは数字ではない〉という執筆グループを正式に立ち上げる前は、パレスチナの若者向けにワークショップを無料で開催して、書くことを指導していた。

政治的な表現に通じていて、入植者植民地主義や民族浄化について、非人間的で非合法的な封鎖について、パレスチナ人が毎日経験する人権侵害について、雄弁に多くを語ることができたが、先生の情熱の対象は、瓦礫の下に埋もれた物語、大きくはっきりとしていても包囲の壁と耳をつんざく爆弾によって黙らされている声だった。そうした物語にじっくり耳を傾け、場所を作り、それらがどれだけ大事なのかを私たちに何度も何度も語った。

リフアト先生にははっきりしたビジョンがあって、人に与えることをけっしてやめなかった。単なる優秀な研究者というだけではない。学生の多くにとっては、それ以上の存在だった。

彼が遺した詩が世界じゅうで口にされているのを見ていてつらくなるときもある。その詩は、私たちにとってリフアト先生の姿、先生の人柄の表面にしか触れていないのだから。もし生きているうちに称賛を得たなら、きっと誇りに思いつつ、仕事を続けて、人の言葉に謙虚に耳を傾けていただろう。

リフアト先生、私たちからの謝辞が、あなたを失った痛みを言い表すには不十分なことが残念でなりません。でも、これまでのところ、進行中のジェノサイドのさなかでの非人道的な喪失を悼むチャンスを、私たちは与えられていません。あなたがこの先もずっと、私たちに力を与えてくれますように。

サミーハ・エルワーンは二〇一〇年にガザ・イスラーム大学を卒業し、二〇一〇年から二〇一一年は同大学でティーチング・アシスタントを務めた。現在は英文学・比較文学の博士号を取得し、西オーストラリア州のマードック大学で英文学と創作の講師を務めている。彼女の博士論文は、パレスチナ人の女性ブロガーたちの語りにおけるジェンダー化された声を扱った。そうした語りに対する関心に火がついたのは、二〇一〇年、イスラエルによる封鎖下のガザでの生活についてブログを始めたときだった。パレスチナ人権センター（ＰＣＨＲ）とともに、ガザ地区におけるイスラエルの攻撃についての女性の証言を記録する活動に従事したことで、その関心はさらに深まった。彼女は研究を通じて、より多くの女性の物語を周縁から中心に持ち込みたいと願っている。サミーハはリフアトの学生であり、同僚であり、友人だった。

ハナーン・ハバシー（二〇一三年）

Hanan Habashi

ハナーン・ハバシーは一九九〇年にガザで生まれた。ガザ・イスラーム大学で英文学を学び、現在は英語の訓練士兼翻訳者として働いている。ハナーンは音楽や言語、文学、そしてあらゆる種類の民間伝承に興味を持っている。パレスチナの若者たちは、正当な大義のためにイスラエルの占領に対してあらゆる方面で闘う能力がある、と彼女は信じている。語られた言葉、書かれた言葉の建設的な力を信じている。彼女は二〇〇八年、キャストレッド作戦の四日目に、日記を書き始めた。そのときの彼女にとっては、無人の通りで絶望的な叫び声を上げるような、遺書という形だった。初めての短編「Lは生命のL」を書くことによって、ハナーンは初めて、書くことによって力を与えられる経験をした。のちに、彼女は、パレスチナの土地、人びと、そして記憶は、「二者のあいだの紛争」という狭い概念を通じて語られるべきではないと信じるようになった。

パレスチナについて書くこと、それはほかの誰でもなくパレスチナ人の責任なのだとハナーンは考えている。国を持てず、財産を奪われた人びとであるパレスチナ人にとって、土地の物語を語ることは、自己決定に向けての第一歩なのだ。ガッサーン・カナファーニーがハナーンにとってはロールモデルであり、カナファーニーのような知的な人がもう少しいたとしても、パレスチナが解放されるまでの道のりは長いかもしれないが、間違いなく「貯水タンクの壁を叩く」ことにはなるだろう。

［本人の言葉］世界の多くの人びとが、パレスチナ人に代わって語る権利があると考えているせいで、パレスチナ人は両極端なふたつの偏見に苦しめられています。それはどちらも不穏なものですし、正当な大義に不正を行うものです。その偏見のひとつは無力な犠牲者として同情の対象でしかないパレスチナ人、もうひとつは血に飢えた野蛮人としてのパレスチナ人です。パレスチナ人は、そのどちらでもありません。

タスニーム・ハンムーダ（二〇一三年）

Tasnim Hammouda

タスニーム・ハンムーダは十九歳、ガザ市に住むパレスチナ人学生である。彼女の英語への情熱のかなりの部分は、英語を教えてくれた母親譲りのものである。子どもたちが全力を尽くすよう常に支えてくれる、献身的な母親を持つタスニームは、英語を磨く正しい道をすぐに見つけ出した。「未来とは、そのために現在準備をす

る者たちのものだ」というのが、マルコムXから引いたお気に入りの一節であり、座右の銘を訊ねられたときにはいつもそう答えている。彼女はその言葉を信じており、学問と英語の専攻を優先する計画をしっかりと立てている。

十四歳のとき、タスニームは英語の上級クラスに入った。それはまさに、人生が変わる経験だった。うってつけの教師と機会に囲まれ、彼女は英語で書き始めた。その後、ガザでの最初の戦争が勃発した。多くのガザ市民同様、あれほどの痛みに満ちた時期のあと、立ち直って進んでいくにはしばらく時間がかかった。イスラエルの爆弾によって、彼女はあやうく両親も家も失うところだったのだ。かつてなく決心を固めたタスニームは、自分の共同体において以前よりも目立つ存在でいることにこだわっている。彼女は戦争によって、自分は社会全体の不可欠な一部だと考えるようになったのだ。彼女は成長し、それとともに彼女の夢も大きくなった。より多くを学ぼうという彼女の最新の試みは、二〇一三年六月二十日に、リーダーシップブログラムの一員としてアメリカ合衆国を訪れたことだ。六週間の滞在中、タスニームは新しい文体に触れ、将来の目標にまた一歩近づいた。

［本人の言葉］英語の上級クラスにいたそのとき、私は英語を習得することが単に将来の専攻を決めること以上のものになりうるのだと気がつきました。それは、言葉がとても大きな力を持つ世界において、より創造的になるための表現手法だったのです。

イルハーム・ヒッリース（二〇一三年）

Elham Hilles

一九八八年生まれのイルハーム・ヒッリースは、ガザ市に住むパレスチナ人である。彼女は二〇〇六年に高校を卒業し、ガザ・イスラーム大学に入学して英文学を学んだ。それは幼いころからの夢だった。イルハームは現在結婚して主婦をしている。主な関心は翻訳、アラブ文学とロシア文学、比較文学、そして政治である。英語で書くようになる前は、アラビア語で二〇〇七年から二〇〇九年まで、風刺的な話題についての文章や短編をオンライン掲示板で多く書いていた。

イルハームにとって、書くこととは逃避の手段であり、身の回りの世界についてじっくり考え、言葉によって無から有を作り出す方法である。

［本人の言葉］ 書くこととは抵抗する方法です。私は書くことによって、ガザ市周辺の惨めな難民キャンプにいるパレスチナ人難民たちの苦悩や苦痛に光を当てようとしています。

アーヤ・ラバフ（二〇二四年）

Aya Rabah

十五歳の誕生日の夜だった。いまでも、新たな一年の始まりを記念して、初めて英語で短編を書こうと何時間も頑張っていたことを思い出す――真夜中まで粘った。次の日は、最高の教師であるリフアト先生による週一回の英語の授業だったから、どうしても初作品を見せたかった。

何日か経った。次の週の授業で、私の初挑戦を先生はどう思ったのか、それを聞けるかもしれないと思うと待ち遠しかった。先生は忘れがたい落ち着きと品のある様子で教室に入ってきて、その日の授業を始める前に私のほうを向いて、きみの作品には感銘を受けた、引き続き書くべきだと言ってくれた。私はいまでも、胸のなかで甘く荒れ狂う気持ちと、どっとあふれ出す夢、でも何よりも、幸せな気持ちを覚えている。先生から褒めてもらえて、心底幸せで誇らしかった。世界といってもガザしか知らない子どもが、自分がどういう人間かもまだわからないまま初めて書いた文学作品を、称賛してもらえたのだ。

二〇〇八年のガザで起きた最初の戦争のあいだ、授業は中止になって、家から出られなかった。先生がいたから、私はペンとノートをそばに置いて、外で起きている戦争という狂気を無視して書き続けて、生き延びることができた。私は戦争について物語をいくつも書き、自分の強さとしぶとさを感じ、ありがたく思った。

戦争のあとで初めて会ったときのことは忘れられない。先生は私たちの前に座って、タミーム・アル＝バルグーティの詩を大きな声で朗読した。「愛する者たちがほかの人びとを守ろうとして殺された、そんな悲しき勝利者すべてのためなら、わたしはみずからを捧げるだろう！」そこで朗読を止め、必死で涙をこらえようとした。一瞬、教室のすべてが涙に変わった。壁も、先生の美しい顔にかかる陽の光も、そのときは破ることなど不可能に思えた重苦しい沈黙でさえも。

英語を学ぶ奨学生プログラムが終わってから何年かは、リフアト先生には会わなかった。でも、先生の授業を受けたときの思い出はずっと大事にしていた。その後、二〇一三年に、ガザでの戦争を語る本に参加しないかと誘ってもらった。先生に教えてもらったことを自分でも改めて証明しようと、私の気持ちは高ぶった。作品を送って、先生からの返事をやきもきしながら待った。私は医学を専攻していて、時間のあるときに創作を続けていた。ああ、リフアト先生、もう一度先生に会うことができたなら、私の短編の原稿を握った先生からもらったコメントのすべてをまだ覚えている、と伝えられるのに（そのとき先生と会った建物は、二〇二三年に始まった今回の戦争で爆撃された）。先生の期待に応えられて、私はうれしかった。

私は医学博士になって、いまでも、先生が私たちに望んだように、パレスチナ人としての自分たちの物語を語ろうとしている。そして、アラビア語で長編第一作

『愛はけっして消えはしないから』を二〇二〇年に出版した。

人生で出会った最高の先生が亡くなったなんて、私は信じられなかったし、いまでも信じられずにいる。痛みから立ち上がり、それを言葉にしてほかの人たちが読み、その言葉を繰り返し、その言葉と交流できるようにすることを教えてくれた人が。先生は私がもっとも感謝すべき人だ。人生で最後に言葉を書くときまで、尊敬と愛と深い感謝の気持ちを先生に捧げる。

愛する先生、あなたがこの先も私たちに力を与えてくれますように、そしてあなたの言葉が永遠に生きていきますように！

ムハンマド・スリーマーン（二〇二四年）

Mohammed Suliman

死がいたるところにあり、大量の死を目にすることにすっかり慣れてしまい、生きるよりも死ぬ確率のほうが高く、死が不吉ではあってもほんとうに頼りになる友人になる、そんなとき、戦争にあって、ジェノサイドにあって、ガザにあって、死がもっとも絶え間なく考えることになり、死の臭いがもっとも顕著な臭いになり、死という現実がもっとも力を持ち、死がもっとも頻繁な訪問客となり、もっともあ

りふれた放浪者となり、もっとも親しく胸の内を打ち明けられる相手になり、誰もが死に、誰もがいまにも死ぬものと覚悟し、危険が生存の条件になり、あらゆる人が死ぬものと思われている——そんなときでさえ、死なない人がいる。そんなときでさえ、生き延びねばならない人がいる。私たちの頭は、そうした人、そうした重要人物、そうした象徴的存在が死ぬという可能性をまったく考えることができない。その人の死は、人びとの集団としての存在を脅かしてしまう。それは可能性という領域から締め出され、生きている者の意識の外に置かれる。そうした人は守られねばならない。そうした人は死んではならない。

それとも、死ぬことがあるのか？

だとしたら、僕はリファアトの「死」ではなく、「逝去」なり「他界」という言葉を使うべきなのかもしれない。リファアトは死んではいけない人だからだ。でも、どんな婉曲的な表現を使ったとしても、リファアトの死という現実を和らげることはできない。リファアトは死んだ。でも、ただ死んだわけではない。自分の死を「単なる」死に中和されてしまったと知れば、リファアトはきっと忌まわしく思うだろう。リファアトは殺害されたのだ。リファアトを殺害したイスラエルという国家は、彼の家族の多くを殺害した。妹、弟、甥や姪たち、義理の親族、そしてさらに多くを。その国家は彼の家を破壊し、彼の近所を消滅させ、彼の町を消し去り、彼の同胞の人びとを根こそぎにし、彼の子どもたちを孤児にし、リファアトと彼の同胞たちに対して無数の人道に反する罪を犯した。リファアトは守られなかった。彼の殺害は許されてしまった。

だとしたら、先に述べたような人は、僕たちの想像の産物でしかなかったのだ。そんな人物、そんな無敵のヒーローは、イスラエルの死の機械があまねく存在することを目の当たりにした無力な頭のなかにしか存在しなかった。イスラエルの殺人機械にさらされる側の人間はひとり残らず脆い存在であり、みずからを守るすべのない民間人はとりわけ脆い。たとえそれが、抑圧に対して言葉で闘う人びと、知識人や洞察力に優れた人、作家や詩人、民間の抵抗運動において周囲を鼓舞するリーダーであっても、イスラエルという国家と相対したとき、彼らですらイスラエル軍によって空からも追跡され、そして殺害される。ガザでは、誰もが死ぬ。誰もが殺害され、誰ひとりとして――文字どおり誰ひとりとして――守られはしない。

そうした人の死は、暴力的なものになる。殺害よりも暴力的な。爆弾や空爆よりも暴力的な。物理的な暴力よりも暴力的なものになる。そうした人の殺害は、取り返しがつかないほどの傷を残す出来事になる。なぜなら、リファアトのような人の殺害によって、人類のすべては殺害の可能性と折り合いをつけねばならなくなるからだ――殺害され、その実行者は何ら罪に問われないという可能性と。それは、現実のなかでもとりわけ邪悪な現実との、恐るべき対峙だ。ジェノサイドという現実、そしてジェノサイドにあっても、とりわけジェノサイドにおいては殺害や野蛮さから逃れるはずだ、守られているはずだと思われていた人が殺害されるという現実と。その個人の死、いや殺害は、すべての法、すべての規範、すべての思考、すべての期待に反するもののはずだ。だとしたら、誰もが死にうる。戦争において、ジェノサイドにおいて、ガザにおいては、守られる人など存在しない。誰もが殺害されうるのだし、リフアトも例外ではない。

でも、リフアトは例外的だった。僕が初めて彼に会ったのは、ガザ・イスラーム大学の英文学の学生だったときの、最初の学部の授業だった。彼は「クールな」教師だった。エネルギッシュで、みんなを鼓舞して、しかも楽しい人だった。英語の、そして世界の文学について百科事典のような知識があった。周囲の模範となる存在だった。ほかの人たちへの果てしない思いやりがあった。ほんとうに誠実な謙虚さがあった。学生たちを下に見ることは一度もなく、対等に接して、学生たちを自分のレベルに引き上げていた。学生たちとは、自分の弟のように接していた。休むことなく思考し、教室を歩き回り、シェイクスピアの劇や、ディケンズの小説の、一見してまったくささいに思える細部に関して細かい質問を発して、一瞬の気まずい沈黙のあと、その質問に自分で答え、ひとりごとを呟いているかのように独白に入り込み、自分の発想で実験し、自分の論理を試していた。それを前に、学生たちは畏敬の念に打たれていた。

リフアトは学生たちに書くこと、物語ることへの愛を植えつけた。占領、封鎖、空爆、侵攻、そして衝突を背景として、大学生や大学院生の若い世代にとっては、希望も期待も、平凡さから脱け出せない定めになってしまっていた。でも、リファアトの授業に足を踏み入れれば、そこでは間違えようのない前向きな雰囲気が支配していた。彼のエネルギーはまわりにも伝染して教室全体を流れ、彼が去ったあともそこに残っていた。学生たちに、リファアトは生命力を吹き込んだ。僕たちの多くに、あまねく絶望や無力感のなかでも何か意味のあることを求める気持ちがあるのだと、彼は感じ取っていた。言葉や執筆に対する僕たちの情熱を育んでくれた。僕たちに新しい地平を見せてくれたのだ——新しい抵抗の可能性、言説の可能性、言葉を武器にする可能性、意味ある存在になる可能性、意義のある闘いをする可能性、物語の力を身につける可能性。僕たちを結びつけていたのは、同胞に対する献身、故郷に対する愛、自分たちの苦闘は正しいのだという確信、自分たちの可能性を信じる気持ち、そして、人類の善良さと普遍性を信じる気持ちだった。

　リファアトの学生となり、彼と親しくやりとりできたことを光栄に思う。教室の内外で、リファアトからは計り知れないほど多くを学んだ。僕がイギリスとオーストラリアで修士課程と博士課程を修了し、社会学と政治理論の研究者となる道を選んだのは、ガザでの学部時代にリファアトの授業で得た着想が基礎になってのことだ。自分が研究で何を成し遂げたいのかを、一度たりとも見失わなかった——それは、意味のある闘士になることだ。言葉を武器に変え、物語の力を身につける。それがリファアトの遺産であり、それは僕たち、彼の学生たち、家族、友人たち、そして人びとのなかで生きている。それでも、リファアトが遺したものを言葉でとらえることはできない。彼の人生を作っていたのは、言葉や物語、詩や語り、そして文章を書くことだった。抑圧と闘うための武器として言葉を選んだ人を、言葉で正確に伝えることはできない。リファトは殺害された。彼の殺害は許されてしまった。でも、リファトは死ななかった。リファトは死ぬはずがないからだ。

ラワーン・ヤーギー（二〇二四年）

Rawan Yaghi

彼は細身で、大股で歩く人だった。本に没頭していないときは首をまっすぐに伸ばし、よく冗談を飛ばすか、話し相手の言葉に熱心に耳を傾けていた。いつも、本を一冊、小脇にしっかりと抱えていた。

ガザ・イスラーム大学で彼の学生だった姉から、私は十代のころからリファトを知っていた。リファトが立ち上げた、学生たちが授業について話し合い、作品を提出し、創造的なアイディアを議論し、書くためのネット掲示板に、姉も参加していたのだ。私は十四歳でその掲示板に参加して、初めてジョージ・オーウェルへの言及を知り、初めてリファトを知った。

その後、リファトは十四歳から十六歳の成績優秀な生徒のための、アメリカ合衆国が出資した奨学生制度の一環で私の先生になった。同級生たちは前の教師になっていていたが、リファアトは教室に入ってきてものの五分で私たちを完全に虜にした。私たちは彼のような教師に飢えていた。生徒に多くを要求し、これでもかと情報を与え、生徒のたわごとに耳を傾けてくれた。私は生まれて初めて英語で短編小説を書いて、その掲示板に発表した。親友を失って、でもどうしても泣けないまま、家に帰ってひと晩中天井を見つめている子どもの物語だった。リファアトがすぐに私を受け入れてくれて、最初の日から、もっと書くよう励ましてくれたことを覚えている。私の可能性を見て、応援してくれたのだ。

高校を卒業したとき、工学と英文学のどちらに進むべきか、私の気持ちは揺れていた。彼は英文学を勉強するよう後押ししてくれた。彼がガザ・イスラーム大学の教員だったことが助けになった。ガザ・イスラーム大学で、リファアトの指導のもと、私はイタリア文学に出会い、ピランデッロを読み、ダンテやペトラルカにさかのぼっていった。その知識をもとに、オックスフォード大学で学位を取ったが、そこに出願することを後押ししてくれたのもリファアトだった。彼は世界文学のなかの英文学を教えていた。自分の哲学を反映して、ガッサーン・カナファーニーやヴァージニア・ウルフ、チェーホフやヘミングウェイやピランデッロから抽出した短編のモデルを作っていた。文学の普遍性、偏見を打破して権力に挑戦する力を強調していた。それを心から信じていた。書いた作品や、闘った偏見や、挑戦した権力がゆえに、彼は殺された。

リファトを、ひとつやふたつの思い出に収めることはできない。リファトは私の一部だった。彼を失ったとき、私は泣いた。叫び声を上げた。彼は自分の仕事を愛していたし、学生たちを愛していた。学生たちはたいてい、彼の友人になった。私たちは彼を愛していた。私たちから、彼は奪われてしまった。

謝辞

多くの人びとが本書に注ぎ込んでくれた努力に、深く感謝する。ヘレナ・コッバンとキンバリー・マクヴォー、そしてジャストワールド・ブックスのチームが本書を現実のものにしてくれたことに感謝したい。そして、前途有望な作家たちをサポートしてくれたアニー・ロビンスにも。本書に短編を寄稿したユーセフ・アルジャマールは、ガザ市の政治開発研究センターの運営にも手を貸してくれた。サミーハ・エルワーンは原稿を見事に読み込んでくれた。本書にもっとも寄与してくれたのはふたり。自身も短編を寄せてくれてプロジェクトの最初から協力してくれたサーラ・アリーは、作家たちにアドバイスを送り、できあがった原稿を読み、私や書き手たちと一緒に、いまある形に短編の数々を仕上げていった。ワードリームス・エディティング&デザインのダイアナ・ガッザーウィーは、鋭い目と編集の腕で短編に磨きをかけてくれた。

訳者あとがき

本書は、文学研究者・詩人のリフアト・アルアライールの編集により、二〇一三年に英語で編まれた短編小説アンソロジー *Gaza Writes Back: Short Stories from Young Writers in Gaza, Palestine*（刊行は二〇一四年）の全訳である。日本語訳には、二〇二四年に刊行される新版のための新たな序文と、各作家からの最新の言葉が追加で収録されている。

本書の背景となる、二十一世紀のガザをめぐる情勢や、英語で出版するという構想が生まれた経緯については、それぞれ、岡真理さんによる解説と編者リフアト・アルアライールによる序文が多くを教えてくれるため、ここではごく簡単な記述にとどめることにしたい。

パレスチナのガザ地区は、二〇〇七年以降はイスラエルによる封鎖を受け、厳しい生活条件を強いられてきた。さらに、イスラエルによる軍事攻撃を繰り返し受け、そのたびに多くの犠牲者を出すとともに、インフラの大規模な破壊を被っている。特に本書に関わるのは、パレスチナ側に一四〇〇人以上の死者を出した、二〇〇八年一二月から二〇〇九年一月まで二十三日間にわたるイスラエル軍の侵攻「キャストレッド作戦」である。

編者リフアト・アルアライールは当時、ガザ・イスラーム大学で英文学を教えると同時に世界の文学と創作も教える若手研究者だった。幼いころは母親からさまざまなお話を聞かされて育った彼は、「キャストレッド作戦」中には自身の子どもたちにお話を聞かせるという経験を通して、パレスチナの物語を語り継ぐことの重要性を認識したのだという。「キャストレッド作戦」後、彼は大学の授業を通じて学生たちとの共同作業を開始した。学生たちにまずは個人的な体験をノンフィクションの形で書いてもらい、それをフィクションに変えていくというスタイルで仕上がっていった作品を前にして、本として出版するという構想が芽生えたのだという。さらに応募作品を募り、二十三日間続いたイスラエルの攻撃への抵抗として二十三編の短編が本書には収録されている。

英語力に優れた若い世代を書き手として迎えたことで、翻訳などの媒介や時間的な隔たりなく直接英語圏に自分たちの物語を発信するべく、本書収録のほとんどの短編は最初から英語で執筆されている。パレスチナの外、さらにはアラビア語圏の外の読者を想定しているため、各短編においては、それぞれの書き手の視点や文体の個性が発揮されていると同時に、本全体を読み進めるにつれて、「キャストレッド作戦」前後のガザや住民たちの様子が浮かび上がるようにデザインされている。

冒頭に置かれたハナーン・ハバシーの「Lは生命《ライフ》のL」の、父親を失った語り手が、父の語る物語の結末を知ろうとする姿に、喪失と物語ることという本書を貫く主題は早くも提示されている。それを皮切りとする、物語や読書がいかに心の支えとなるのかを描く短編の多さは、本書の大きな特徴である。ムハンマド・スリーマーン「戦争のある一日」は、かつて父親が愛読していた本を手元から離さず、家で読んでいる若い男性ハムザが主人公となる。弟と同じ部屋で寝て、幼い甥や姪たちと遊ぶハムザの日常は、ある一瞬で暗転してしまう。また、タスニーム・ハンムーダの「ネバーランド」も、小児病棟の患者である少年が肌身離さず持っている本に焦点を当て、死を間近に感じつつ生きる子どもにとっての物語の意味を問うている。

子どもの視点を通じて、爆撃や砲撃の恐ろしさと同時に、そこから生き残ったことが何を意味するのかを探求する物語が多く書かれるのは、必然だといっていい。ラワーン・ヤーギーによる「助かって」は、その代表的な例である。また、攻撃を受けた夜に何があったのかを綴る息子への手紙を通じて、過去と向き合おうとする女性の姿を中心とする、シャフド・アワダッラーの「かつて、夜明けに」も、生き残った者の罪悪感が色濃く刻まれている。ジーハーン・アルファッラの「撃つときはちゃんと殺して」は、一家を襲った攻撃と、その後の不条理な日々を描きつつ、タイトルになっている恐るべき言葉にたどり着く。

爆弾で倒壊した建物や、トンネルのなかに生き埋めになってしまい、出られないという状況は、空爆によって倒壊した建物で多く発生してしまった物理的状況であり、未来への展望が開けないガザ地区を表す象徴的な図でもある。ラファで密輸用のトンネルを掘っていた青年が語る、ヌール・アル＝スースィの「僕は果たして出られるのか？」や、瓦礫の下敷きになった女性の視点から語られるラワーン・ヤーギーの「下から」には、そうした閉塞感が痛切なほど伝わってくる。

自由を奪われている感覚は、物理的な空間のみに限定されるものではない。人生における選択肢を徹底して奪われてしまったとき、人に何ができるのかという問いが重くのしかかる物語は多い。たとえばムハンマド・スリーマーンの「包み」での、監獄に入れられた息子との面会に向かう母親の物語などは、その典型だろう。武器を手に取って抵抗することを選んだ青年を主人公とするユーセフ・アルジャマール「オマル・X」もまた、主人公の人生を走馬灯のように振り返るスピード感に満ちた語りのなかで、人生の選択肢という問題を突きつけている。

編者による序文でも触れられているように、若いガザの書き手のなかには、イスラエル人の視点も取り入れて物語を作る傾向がある。そのひとつがヌール・アル＝スースィの「カナリア」であり、灼熱の日中に一瞬出会う、アラブ人男性とイスラエル軍女性兵士の視点を行き来しつつ、緊迫感に満ちた物語が語られる。イスラエル人の心理を探求する作品としては、ヌール・エル・ボルノの「不眠症への願い」が、侵攻作戦に従事したあとにイスラエル軍兵士が抱える精神的な傷を丹念に描き出している。あるいは、パレスチナ人の老人からパンを盗んできたくだりをユダヤ人少年が得意満面で語る、タスニーム・ハンムーダの「ぼくのパンなんだ」も、その系統に属する作品だといえる。

また、ガザの書き手が、ヨルダン川西岸地区でのパレスチナ人の経験にも触れる小説も複数あり、イスラエルが建設した分離壁の巨大な存在が中心となっている。リファアト・アルアライール「ひと粒の雨のこと」では、壁を挟んだユダヤ人農家とパレスチナ人農家の境遇の落差が、「家」では住む家を壁の向こうに失ったパレスチナ人の父の心理が浮き彫りにされる。ラワーン・ヤーギーの「ある壁」は、壁の前を歩いている語り手が、壁を押して現状を変えようとするほんのささやかな試みに焦点を当て、人びとの無力感を見事に凝縮してみせている。

一方で、ガザやパレスチナの現状を寓話的に語る物語もある。サミーハ・エルワーンの「ガザで歯が痛い」は、歯の痛みに耐えかねて、ついにUNRWAの診療所に出かける大学生の女性を主人公とする。医師や設備の不足といった現状も描写されるが、皮肉交じりに語られるしつこい痛みは、ガザ全体の経験を象徴しているといっていい。あるいは、ワファー・アブー・アル゠コンボズの「十五分だけ」での、不在がちな父親が帰宅して絵を一緒に描いてくれることを待ちわびる息子の姿などにも、象徴性を見て取ることはできるだろう。リファアト・アルアライールの「老人と石」は、イスラエルによる東側の占領が続くエルサレムに対する思い入れをひとつの石に託す老人と、食傷気味の息子とのユーモラスなやりとりから、世代間のすれ違いも浮かび上がってくる。

サーラ・アリーの「土地の物語」は、破壊のあとにどのような希望が残されるのかを、心血を注いだ農地をブルドーザーで根こそぎにされた父親の姿を見守る娘の視点から語る。パレスチナの人びとにとって、土地との結びつきを断たれることがどれほどの苦痛をもたらすのかという問題は、ムハンマド・スリーマーンの「我々は帰還する」での、イスラエル建国によって故郷を追われた三家族の父親たちが帰還を願って歌う物語にも共通している。その歌声の描写にも寓話的に示されているように、ガザ地区といっても、そこに住む人びとは一枚岩の同質な生活を送っているわけではない。イルハーム・ヒッリースの「あっというまに失って」は、ガザ市のもともとの住民と、一九四八年以降に新たにガザ地区に居住するようになった難民との間での経済的・社会的格差を、恋愛の物語を通じて見せている。

掉尾を飾る、アーヤ・ラバフの「傷痕」は、おそらく本アンソロジー最良の作品だといっていい。子どものころ砲撃で家族を失い、顔に傷痕が残った語り手の女性は、のちに息子と娘を授かるが、子どもたちにつけた「平和」と「生命」という名前が、現実のものとなる日は遠いままだ。世代を超えてパレスチナの人びとを結びつける喪失を、淡々と語る文章からは、無念や淡い希望や痛みなど、さまざまな感情が渦巻き、行間からあふれ出してくる。

本書の書き手のほとんどは、それ以前に出版経験はなく、何人かは小説を書くこと自体が初挑戦である。それがゆえに、本書に収められた、著者たちのプロフィールには、学び、「書く」ということに賭けるそれぞれの思いが凝縮されている。書き手自身による言葉も合わせて、それもまた物語の一部だといっていい。ただし、二〇一四年の刊行から二〇二四年現在までに起きた破壊によって、プロフィール欄の内容は大きく変わってしまった。

編者リファアト・アルアライールは、報道によって「数」に還元されてしまうガザの人びとの人間としての声を発信することを使命として活動を続け、二〇一五年にはジャーナリストのライラー・エル・ハッダードとの共編著でノンフィクション『ガザは沈黙しない』(*Gaza Unsilenced*、未訳)を刊行したほか、ガザ地区の若い世代の書き手を育てるNPOである〈私たちは数字ではない〉(We Are Not Numbers) の創設にも携わっている。二〇二三年十二月上旬、彼はイスラエル軍の空爆によって殺害された。その詳しい経緯は、新しい序文に詳しい。その直前の十一月に、彼がソーシャルメディアに投稿した二〇一一年の詩「わたしが死なねばならないとしても」（"If I Must Die"）は、ガザでの集団殺害に対して世界じゅうで行われた抗議活動の合言葉となった（日本語訳は、『現代詩手帖』二〇二四年五月号の「パレスチナ詩アンソロジー　抵抗の声を聴く」特集にて、松本新土・増渕愛子訳で「わたしが死ななければならないのなら」として掲載）。彼の死後、チュニジアのシンガー・ソングライターであり、「ジャスミン革命」でのアンセムになった歌「私の言葉は自由」の作者であるエメル（エメル・マトルーティ）が、"If I Must Die"を楽曲化し、二〇二四年五月に発表している。

英語版の新版を準備するべく、ワシントンＤＣに本拠を置く出版社〈Just World Books〉が二〇二四年に入って本書の書き手に連絡を取ろうと試みた。それに応え、ヌール・エル・ボルノとアーヤ・ラバフのふたりは、ガザ地区から新しい文章を寄せた。加えて、ガザ地区の外に離散している書き手たちから寄せられた二〇二四年の文章からは、リファアト・アルアライールの人となりだけでなく、彼が若い世代の書き手たち築こうとした未来がどのようなものであったのかが、喪失の鋭い痛みとともに伝わってくる。同時に、十四名の作家のうち、六名とは連絡がつかないという現状に、ガザで進行中の破壊の凄まじさが如実に表れている。

本書の翻訳にあたっては、企画の段階から河出書房新社編集第二部の町田真穂さんにお世話になった。タイトなスケジュールでの進行を的確に進めていただき、翻訳にも多くの助言をくださったことに感謝申し上げたい。また、訳者の知識が及ばない多くの点については、現代アラブ文学研究者である岡真理さんが監修に入ってくださった。どうもありがとうございました。

本書の原書が二〇一四年に発表されてからまもないタイミングで、『早稲田文学』二〇一四年冬号にて、本の紹介とともに、二編（「カナリア」と「ひと粒の雨のこと」）を訳出する機会があった。また、本書の翻訳を進めるにあたっては、「僕は果たして出られるのか？」と「老人と石」について、東京大学文学部の学生たちとも意見を交換する機会があり、訳者にとっても多くを学ぶことができた。それぞれ、関わってくれたみなさんにお礼申し上げる。

そして何よりも、本書を翻訳する意義をつねに共有してくれた妻・河上麻由子と、娘に、愛と感謝をこめて、本書の翻訳を捧げたい。

二〇二四年十月

藤井光

解説

岡真理

人は死において、ひとりひとりその名を呼ばれなければならないものなのだ。

——石原吉郎

大量殺戮を可能にするのは、他者の非人間化である。二〇二三年十月、ハマースによる奇襲攻撃に見舞われた二日後、イスラエルのガラント国防相は、ガザのパレスチナ人を「人間動物」と呼んだ。人間動物、人間の形をした獣。だから相応の扱いをするのだと、ガザに対して繰り出す攻撃が人間性を凌駕するものであること——その非人道性——を自ら高らかに宣言した。

以後、集団虐殺がガザの日常になった。日々、更新される死傷者の数。人間であることを否定され、虫けらほどの価値もないかのように殺されていった者たちは、死後もまた数字に還元されることで二重に非人間化される。詩人の石原吉郎はシベリアの強制収容所における大量死について次のように書く。

大量殺戮のもっとも大きな罪は、そのなかの一人の重みを抹殺したことにある。そしてその罪は、ジェノサイドを告発する側も、まったくおなじ次元で犯しているのである。戦争のもっとも大きな罪は、一人の運命にたいする罪である。およその一点から出発しないかぎり、私たちの問題はついに拡散をまぬかれない。

石原吉郎「確認されない死のなかで」『望郷と海』より

二〇一四年夏の五十一日間戦争のあとでリファアト・アルアライールらが立ち上げた、ガザの若者たちの英語による創作プロジェクトの名は「私たちは数字ではない《ウィ・アー・ノット・ナンバーズ》」。ひとりひとりの人間たちの物語を語ることは、ひとりひとりの名を呼ぶことだ。死者に正義を返すことだ。

人間は数字ではない。だが、出来事を数字で語ることが即、人間を非人間化するわけではない。出来事が単なる統計として、数字でのみ認識し記憶されることが問題なのだ。数字もまた私たちに、出来事をめぐる新たな認識の地平を切り拓いてくれる。

パレスチナはつねに最悪を更新すると言われる。二〇〇〇年九月から二〇〇五年二月まで四年と四カ月続いた第二次インティファーダの死者は約三〇〇〇人。その四年後の二〇〇八年十二月末から翌年一月半ばまで続いた、封鎖下のガザに対する最初の攻撃（キャストレッド）では、死者はわずか二十三日間で、第二次インティファーダの犠牲者の半分近い約一四〇〇人（民間人は九〇〇人超）にのぼった。さらに五年半後の二〇一四年夏の五十一日間戦争では、戦闘員を含む二二〇〇人が殺され、うち民間人は一四〇〇人を超えた。

それから十年。二〇二三年十月七日のハマースによる奇襲攻撃を端緒として始まったイスラエルによる——一年以上経つ今もなお続く——攻撃では、死者は一週間で二八〇〇人、一ヵ月で一万人を数えた。うち四割を十四歳以下の子どもが占める。五十一日間戦争における子どもの死者は五〇〇人、それが十年後には、一ヵ月で四〇〇〇人だ（ちなみにウクライナの民間人の死者は二年間で一万人、子どもは五八七人。ウクライナの人口はガザをはるかに上回るのだから、ガザではウクライナとは桁違いの攻撃が民間人に対してなされていることが、この数字から分かる。だが、日本ではメディアの関心や共感は圧倒的にウクライナに対して注がれてきた。ウクライナとパレスチナをめぐるこのダブルスタンダードが何に由来するのか、私たちは問わなければならない）。

パレスチナ人に対するジェノサイドは、二〇二三年十月七日に突然始まったのではない。二〇一四年の五十一日間戦争がすでにジェノサイドだった。このときは一ヵ月半余りで、ガザに対して広島型原爆一個分に相当する火薬による攻撃がなされた。いや、ジェノサイドというならば、二〇〇八－〇九年のキャストレッドのときからすでに、ジェノサイドだった。封鎖され、逃げ場のない小さなガザ地区に一五〇万人（当時）の人間を閉じ込めて、空から海から陸から、全土に対する無差別爆撃を見舞い、三週間ちょっとで一〇〇〇人近い民間人を殺戮したのだから。いや、そもそも、パレスチナの大地に根差して生きる七五万人ものパレスチナ人を暴力的にその家、その故郷から民族浄化した一九四八年のナクバから（ガザのパレスチナ人の七割がこのとき故郷を追われてガザにやって来た難民たちとその子孫だ）、パレスチナ人はこの八〇年近くずっと、かたときも止むことのない漸進的ジェノサイドに見舞われ続けてきたのだ。つねに最悪を更新し続けながら。その結果が、本稿執筆時点でも未だ終わりをみない、第二次世界大戦以来最大の暴力、人類史上前例のない破局（UNRWA）と言われる事態である。

出来事を数字で表象することにはらまれる非人間化の暴力を自覚しつつ、それでもまず私たちは、この四半世紀のあいだに、妨げられもせずにいともたやすく更新し続けたこれらの数字を知らなければならない。これらの数字のとてつもなさに、おののかねばならない。そして、これらの数字が意味するものを認識しなければならない。数年おきにイスラエルが、日進月歩で進化する破壊兵器、殺戮兵器の性能を、ガザという小さな檻に閉じ込めた「人間動物」を相手に誰にも妨げられることなく実地で試していたとき、私たちはどこにいたのか、何をしていたのか、自らに問わなければならない。

メディアはいちどきに大量に建物が破壊され、大量に人間が殺されているときだけ注目し、停戦になれば忘れてしまう。メディアが注目するのは戦争というスペクタクルだけだ。五十一日間戦争のとき、イスラエルがエジプトを介して提案した無条件停戦に対しガザの人々は、単に開戦前の既成事実（その時点ですでに七年続いている封鎖状態）に戻れというのは、我々にいい、いい、いい、生きながら死ねというのに等しいと言って、無条件停戦案を一蹴したハマースを支持した。しかし、その後停戦になっても、ガザの人々が「生きながらの死」と呼ぶ封鎖は続いた。

二〇二三年十月七日以前、十六年以上続く封鎖によってガザの産業基盤は破壊され、失業率は四十七パーセント、貧困率五十三パーセント（平たく言えば、住民の過半数が生きていくだけでかつかつということだ）、八割の世帯が国連をはじめとする国際援助機関の食糧援助によってかろうじて命をつないでいるという状況だった。ガザの人道危機は二〇二三年十月七日に始まったのではない。それ以前からガザは人道危機状態だった。十月七日以降はそれが桁違いにスケールアップしたのだ。

五十一日間戦争の直後から、自殺を最大の宗教的禁忌とするイスラーム社会のガザで、自ら命を絶つ者たちが現れ、自殺者は年追うごとに増加の一途をたどった。事故と判別がつかない転落死を選ぶ者たちが多いなかで、敢えて衆人環視のもと焼身自殺を図る若者もいた。二〇一〇年、社会の不正に抗議して焼身決起したチュニジアのムハンマド・ブアズィズィ青年の火だるまになった姿がSNSで拡散され、ベンアリ大統領の独裁に終止符を打ち、さらにはエジプト革命をもたらしたように、自分も自らの肉体に火を放って、その死をスペクタクルにすれば世界が注目し、この封鎖に終止符が打たれるのではないかと期待してのことだ。だが、ガザは世界の関心の埒外《らちがい》に捨て置かれたままだった。

それでもナクバから七十年目の二〇一八年、ガザの人々は「帰還の大行進」と銘打って、三月三十日の「土地の日」から同年五月十五日のナクバ記念日までの一カ月半の間、毎週金曜、イスラエルとの境界付近で、国際法違反の封鎖の解除と、難民の帰還権の実現、そして前年、アメリカのトランプ大統領（当時）が発表したアメリカ大使館のエルサレム移転への反対を掲げて一大デモンストレーションをおこなった。基本的に非暴力のデモに対し、イスラエルは実弾で応酬し、結果的に翌年十二月まで一年九カ月に及んだこのデモで、二〇〇名以上が殺され、一万人近い者たちが負傷した。イスラエル軍は対人使用が禁じられている非人道兵器であるバタフライ・バレットや炸裂弾などで若者たちの脚を狙い、多くの若者が片脚切断を余儀なくされた。

これだけの犠牲を払いながら、ガザの人々が非暴力で世界にその窮状を訴えても、世界は応答しなかった。いや、違う。世界はその沈黙によって応答したのだ。ガザでパレスチナ人がどのような目に遭おうが、私たちにはどうでもよいことだ、あなたがたの人権も命もとるに足らないことだと。こうして世界は、十月七日への道を整えてきたのだった。

本書の作者たちが生まれ育ったガザとはそのようなところだ。

リフアトはガザの若者たちに、パレスチナ人の物語を書くことを、しかも英語で書くことを求めた。「ライオンたちが独自の歴史家を持つまでは、狩りの歴史はいつでもハンターを称えるものだ」——五十一日間戦争（リフアトはこの攻撃で弟を殺された）の翌年十月、前年の攻撃で瓦礫にされ、同戦争で最悪の集団虐殺が起きたシュジャーイーヤ地区を会場に開催された英語のトークイベントTED×シュジャーイーヤに登壇したリフアトは、チヌア・アチェベの言葉を引用しながら、パレスチナ人が自らの物語を——パレスチナ人ひとりひとりの物語を——自ら世界に向けて発信する重要性を訴えた。そうしなければ、シオニズムのナラティヴが資本に飽かせていつまでも世界を支配し続けることになる。パレスチナ人は顔も名も持たぬ存在として、数字としてすら記憶されない。

TED×シュジャーイーヤは、そのパフォーマティヴな実践の場だったと言える。開催趣旨には次のように書かれている。明示されてはいないが、本書を読んだ私たちには、これがリフアトの思想であることが分かる。

私たちにも私たちのコミュニティにも、成長を続け、変化し、多様な考えや態度に効果的に適応していく能力があると、私たちは信じています。このイベントの開催を通じて私たちが目指しているのは、パレスチナ人、特に世界から打ち棄てられ、戦争によって甚大な被害を被っているガザの人々が、語るに値する物語や広めるに値する考えを持っていることを世界に示すことです。

若き女性アーティスト、学生、エンジニア、政治犯として青年時代の二十年をイスラエルの獄中で過ごした者……。様々な背景を持つ登壇者たちは、自らの言葉で、自らについて、自らが実現したものについて、そして自らが信じるところについて語った。最悪を更新した戦争で破壊され、最悪の集団虐殺の現場となったシュジャーイーヤの地から、ガザの明日を、パレスチナ人の明日を、そして世界の明日を自らの手で創っていくこと、その希望に満ちている姿を自ら世界に示し、そうすることで、シュジャーイーヤというトポスの意味を、ガザというトポスの意味を、彼らは書き換えたのだった。いかなる破壊と殺戮に見舞われようと、いかなる悲劇に見舞われようと、私たちは明日を信じる、世界を信じる、人間を信じる。シュジャーイーヤとは、ガザとは、そのような人間たちが人間の輝きを放ちながら生きる地なのだと。これ以上の抵抗があるだろうか。

彼らの自信に満ちた姿勢、その希望に満ちた言葉は、英語で外の世界に向けて語られたものではあるが、同時に、ガザのパレスチナ人に向けられたものでもある。私たちは何があっても、決して希望を失わない、失ってはいけないのだというメッセージだ。ガザに対する破壊的な攻撃が繰り返されるのは、そして繰り返されるごとに激しさを増していくのは、破壊しても破壊しても、瓦礫の裂け目から芽吹くのをやめない、この「希望」という抵抗を打ち砕くためなのだ。だからイスラエルは、人間の生を蝕む封鎖という暴力のもとにありながら、それでもガザの人々が勤しんだ文化活動――人間であることの希望を育む営み――の拠点であるミスハール文化センターや出版と知的交流の拠点であった書店をミサイルで攻撃し、瓦礫にしたのだった。二〇二三年十月七日以前の話である。

映画『スター・ウォーズ』の"The Empire Strikes Back(帝国は逆襲する)"をもじって"Gaza Writes Back(ガザは書くことによって反撃する)"と題する本書も、TED×シュジャーイーヤと目的は同じだ。二〇〇八－〇九年の封鎖下のガザに対する最初の攻撃、逃げ場のない人間たちを三週間以上にわたって無差別に殺戮するという殲滅の暴力に見舞われた者たちが、英語で、小説という文学作品によって逆襲を目論む。ここに、名と顔を持った者たちがいる、その物語がある、世界からの応答を待つ者たちがいると。

かつて一九六〇年代後半から七〇年代初頭にかけて、解放戦士《フェダーイーン》たちが、旅客機をハイジャックし、乗客の喉元に銃を突きつけることで、「テロリスト」と呼ばれることと引き換えに、世界が安らかに忘却していたパレスチナ人の存在を世界に刻み込み、世界の恩情の対象である難民から、自らの歴史を自らの手で切り拓く政治的主体へと変容を遂げたように、リファアトの薫陶を受けた若者たちは銃の代わりにペンで、パレスチナ人という歴史的存在を、物語を通して世界に刻み込もうとしている。一九六〇年代、ガッサーン・カナファーニーはその作品を通して、難民たちに自らが政治的主体としてのパレスチナ人であることの覚醒を促し、そのためイスラエルの諜報機関によって暗殺された。リファアトが暗殺されたのも、世界へ向けた彼の発信力の大きさと同時に、カナファーニーと同じように、彼がその教えを通して若者たちを、ガザの同胞たちのためにペンで闘うフェダーイーンへと変身させる、教育者としてのその強力な影響力のせいでもあったに違いないと、リファアトの死後、教え子たちが寄せた文章を読んで思う。

本書に収録された個々の作品から、ガザの現実とそこで生きること——あるいは死ぬこと——を強いられているパレスチナ人の物語を汲み取ろうとするならば、若者たちの作品はまだ、文学作品として成熟の域に達してはいない。だが、本書の意義とは、その成り立ちから、二〇二四年版に追加された作者たち自身によるプロフィールの加筆まで含めて、それ自体がガザのパレスチナ人の根源的な抵抗の表現となっていることにある。本書は、パレスチナ人の物語を物語ることが、文学が、ペンが、ガザにおける文化的営為が、そして、若者たちにパレスチナ人のいまだ書かれざる物語を語るという使命を託すことが、「パレスチナ人などというものは存在しない」と言い放ったイスラエル第五代首相ゴルダ・メイールのことばを現実のものとすべく現在進行形で遂行されているジェノサイド、パレスチナ人という歴史的存在そのものを地上から抹消しようとするこのジェノサイドに対する、紛れもない抵抗であることを証言している。

二〇二四年春、二度にわたりガザに入り、現地の、強制収容所ということばでも足りない、もはや表現することばもない状況に接した在米のパレスチナ人英語作家のスーザン・アブルハワーは、今、ガザの人々の抵抗の力を称揚することもまた、彼らを非人間化することだと言う。こんな状況を耐えられる人間など誰もいないと言って。それからさらに半年が過ぎた。人間には耐えられない状況を彼らが依然、耐え忍んでいるのだとしたら、それを強いているのは、この紛れもないジェノサイドを止めることができないでいる私たちだ。それでもなお彼らは、ガザの中から、外から、ガザについて書き続けている。タンクの壁を叩き続けている。世界から必ずや応答があると信じて。

（アラブ文学者）

編者

リフアト・アルアライール *Refaat Alareer*

1979年、ガザ生まれ。パレスチナを代表する詩人のひとり。作家、活動家。ユニバーシティ・カレッジ・ロンドンで比較文学の修士号を、マレーシアプトラ大学で英文学の博士号を取得。ガザ・イスラーム大学で世界文学と文芸創作を教え、若い世代の抵抗手段として、執筆の力を醸成することに尽力した。編著に本書のほか、*Gaza Unsilenced*がある。2023年12月6日、イスラエル軍の空爆によって殺害された。

訳者

藤井光（ふじい・ひかる）

1980年、大阪生まれ。北海道大学大学院文学研究科博士課程修了。東京大学文学部・人文社会系研究科現代文芸論研究室准教授。訳書に、デニス・ジョンソン『煙の樹』、アンソニー・ドーア『すべての見えない光』、オクテイヴィア・E・バトラー『血を分けた子ども』、コルソン・ホワイトヘッド『ハーレム・シャッフル』などがある。

監修・解説

岡真理（おか・まり）

1960年、東京生まれ。東京外国語大学大学院修士課程修了。エジプト・カイロ大学留学。早稲田大学文学学術院教授、京都大学名誉教授。専門は現代アラブ文学、パレスチナ問題。著書に『彼女の「正しい」名前とは何か』『棗椰子の木陰で』『アラブ、祈りとしての文学』『ガザに地下鉄が走る日』『ガザとは何か』などがある。

GAZA WRITES BACK: Short Stories from Young Writers in Gaza, Palestine
edited by Refaat ALAREER

物語ることの反撃　パレスチナ・ガザ作品集

2024年11月20日　初版印刷
2024年11月30日　初版発行

編　　者　リフアト・アルアライール
訳　　者　藤井光
監修・解説　岡真理
装　　丁　川名潤
装　　画　Annem Zaidi

発 行 者　小野寺優
発 行 所　株式会社河出書房新社
〒162-8544　東京都新宿区東五軒町2-13
電話03-3404-1201（営業）03-3404-8611（編集）
https://www.kawade.co.jp/
印　　刷　株式会社亨有堂印刷所
製　　本　加藤製本株式会社

Printed in Japan
ISBN978-4-309-20911-1